U0119029

中华古典文学选本丛书

# 白居易诗选

赵仁珪　王贺　选注

中华书局

图书在版编目(CIP)数据

白居易诗选/赵仁珪,王贺选注. —北京:中华书局,2023.7
(中华古典文学选本丛书)
ISBN 978-7-101-15756-7

Ⅰ.白… Ⅱ.①赵…②王… Ⅲ.唐诗-注释 Ⅳ.I222.742

中国版本图书馆 CIP 数据核字(2022)第 092559 号

| | | |
|---|---|---|
| 书　名 | 白居易诗选 | |
| 选　注 | 赵仁珪　王　贺 | |
| 丛书名 | 中华古典文学选本丛书 | |
| 责任编辑 | 田苑菲　陈　虎 | |
| 责任印制 | 陈丽娜 | |
| 出版发行 | 中华书局 | |
| | (北京市丰台区太平桥西里38号　100073) | |
| | http://www.zhbc.com.cn | |
| | E-mail:zhbc@zhbc.com.cn | |
| 印　刷 | 大厂回族自治县彩虹印刷有限公司 | |
| 版　次 | 2023 年 7 月第 1 版 | |
| | 2023 年 7 月第 1 次印刷 | |
| 规　格 | 开本/880×1230 毫米　1/32 | |
| | 印张 7⅞　插页 2　字数 150 千字 | |
| 印　数 | 1-5000 册 | |
| 国际书号 | ISBN 978-7-101-15756-7 | |
| 定　价 | 28.00 元 | |

# 前　言

尚永亮

白居易(772—846),字乐天,原籍太原,后迁居下邽(今陕西渭南),生于新郑(今河南新郑市)。十一二岁时,因避战乱而迁居越中,后又往徐州、襄阳等地,过着颠沛流离的生活。贞元十六年(800)进士及第,三年后中书判拔萃科,授秘书省校书郎。元和元年(806),为应制举,他与元稹闭户累月,研讨其时社会政治各种问题,撰成《策林》七十五篇,其中不少条目与白居易日后的政治态度和诗歌见解都有关联。是年,制科入等,授盩厔尉,次年为翰林学士。

元和三年至五年,授左拾遗、充翰林学士。在这一时期,白居易以极高的参政热情,"有阙必规,有违必谏"(《初授拾遗献书》),屡次上书,指陈时政,倡言蠲租税、绝进奉、放宫女、抑宦官,在帝前面折廷诤。与此同时,他还创作了《秦中吟》《新乐府》等大量讽喻诗,锋芒所向,权豪贵近为之色变。

元和五年(810),白居易改官京兆府户曹参军,仍充翰林学士。元和六年四月至九年冬,因母丧而回乡守制。生活环境的改变,使白居易有馀暇对往昔的作为和整个人生进行认真的思考,他早就存在着的佛、道思想逐渐占了上风,对政治的热情开始减退。所谓"直道速我尤,诡遇非吾志。胸中十年内,消尽浩然气"(《适意二首》其二),正可看作他心理变化的佐证。元和十年(815),白居易回朝任太子左赞善大夫,因宰相武元衡被盗杀而第一个上书请急捕贼,结果被加上越职言事以及一些莫须有的罪名,贬为江州(今江西九江)司马。这次被贬,对白居易内心的震动是不可言喻的。他以切肤之痛去重新审视险恶至极的政治斗争,决计急流勇退,避祸远害,走"独善其身"的道路。这一年,他写下了著名的《与元九书》,明确、系统地表述了他的人生哲学和诗歌主张。

元和十三年底,白居易迁忠州刺史。元和十五年穆宗继位后,被召回朝,先后任主客郎中、知制诰、中书舍人。长庆二年(822),出刺杭州,此后又历任苏州刺史、秘书监、刑部侍郎、河南尹、太子少傅等职。武宗会昌二年(842),以刑部尚书致仕,闲居洛阳履道里,自号"醉吟先生""香山居士"。会昌六年(846),年七十五卒。有《白氏长庆集》,存诗二千八百馀首。

白居易是中唐时期极可注意的大诗人,他的诗歌主张和诗歌创作,以其对通俗性、写实性的突出强调和全力表现,在中国诗史上占有重要的地位。在《与元九书》中,他明确说:"仆志在兼济,行在独善。奉而始终之则为道,言而发明之则为诗。谓之讽喻诗,兼济之志也;谓之闲适诗,独善之义也。"由此可以看出,在白居易自己所分的讽喻、闲适、感伤、杂律四类诗中,前二类体现着他"奉而始终之"的兼济、独善之道，所以最受重视。而他的诗歌主张，也主要是就早期的讽喻诗的创作而发的。

早在元和初所作《策林》中，白居易就表现出重写实、尚通俗、强调讽喻的倾向："今褒贬之文无核实，则惩劝之道缺矣；美刺之诗不稽政，则补察之义废矣。……俾辞赋合炯戒讽喻者，虽质虽野，采而奖之。"（六十八《议文章》）诗的功能是惩恶劝善、补察时政，诗的手段是美刺褒贬、炯戒讽喻，所以他主张："立采诗之官，开讽刺之道，察其得失之政，通其上下之情。"（六十九《采诗》）他反对离开内容单纯地追求"宫律高""文字奇"，更反对齐梁以来"嘲风月、弄花草"的艳丽诗风。在《新乐府序》中，他明确指出作诗的标准是："其辞质而径，欲见之者易谕也；其言直而切，欲闻之者深诫也；其事核而实，使采之者传信也；其体顺而肆，可以播于乐章歌曲也。"这里的"质而径""直而切""核而实""顺而肆"，分别强调了语言须质朴通俗，议论须直白显露，写事须绝假纯真，形式须流利畅达，具有歌谣色彩。也就是说，诗歌必须既写得真实可信，又浅显易懂，还便于入乐歌唱，才算达到了极致。

白居易对诗歌提出的上述要求，全部目的只有一个，那就是补察时政。所以他紧接着说："总而言之，为君、为臣、为民、为物、为事而作，不为文而作也。"（《新乐府序》）在《与元九书》中，他回顾早年的创作情形说："自登朝来，年齿渐长，阅事渐多，每与人言，多询时务；每读书史，多求理道，始知文章合为时而著，歌诗合为事而作。"为时为事而作,首要的还是"为君"而作。他也说:"但伤民病痛,不识时忌讳"(《伤唐衢二首》其二),并创作了大量反映民生疾苦的讽喻诗,但总体指向却是"唯歌生民病,愿得天子知"(《寄唐生》)。因为只有将民情上达天听,皇帝开壅蔽、达人情,政治才会趋向休明。

由重写实、尚通俗、强调讽喻,到提倡为君为民而作,白居易提出了系统的诗歌理论,他的《秦中吟》《新乐府》等讽喻诗便是在这一理论的指导下创作的。这一理论以其突出的现实针对性和通俗化倾向,有可能使诗歌更接近于社会现实,以至于干预政治。这一理论,是儒家传统诗论的直接继承,也是杜甫写时事的创作道路的进一步发展。从写时事这一点说,白居易与杜甫是相同的;但杜甫唯写所见所感,生民疾苦与一己遭遇之悲怆情怀融为一体,虽于写实中时时夹以议论,含讽喻之意,却并非以讽喻为出发点。杜诗出之以情,白居易与杜甫之不同处,正在于他出之以理念,将"为君"而作视为诗歌的主要目的,从而极度突出了诗歌的现实功利色彩,将诗歌导入了狭窄的路途。因过分重视诗的讽刺功用,从而将诗等同于谏书、奏章,使不少诗的形象性为讽刺性的说理、议论所取代。因评诗标准过狭过严,导致历史上不符合此一标准的大量优秀作家、作品被排斥在外。所有这些,对当时和后世都产生了一定的不良影响。

（选自《中国文学史》第二卷,袁行霈主编,高等教育出版社1999年版）

# 目　录

# 观刈麦 [1] 时为盩厔县尉 [2]

田家少闲月，五月人倍忙。
夜来南风起，小麦覆陇黄。
妇姑荷箪食 [3]，童稚携壶浆。
相随饷田去 [4]，丁壮在南岗。
足蒸暑土气，背灼炎天光。
力尽不知热，但惜夏日长。
复有贫妇人，抱子在其傍。
右手秉遗穗，左臂悬弊筐。
听其相顾言，闻者为悲伤。
家田输税尽，拾此充饥肠。
今我何功德，曾不事农桑？
吏禄三百石 [5]，岁晏有余粮 [6]。
念此私自愧，尽日不能忘。

---

　　此诗叙事层次清晰，且内蕴张力，富于细节描写。先细腻刻画农民异于常人的心理：虽然"足蒸暑土气，背灼炎天光"，却感觉不到炎热，反倒珍惜酷暑中的每时每刻，尽力收割。然后描述贫妇悲诉的情状，让读者不由感慨：勤劳与善良的结局不过是"输税尽"，最终只能四处拾穗来充饥。那似

乎循环往复的惨剧，又与诗人的富裕闲适构成另外一组强烈对比，不禁令诗人产生自愧难抑之情。在这发自内心的自责之中，读者能感受到诗人可贵的博爱之心。

1    刈（yì）：割断。

2    盩厔（zhōu zhì）：县名，今陕西周至。

3    妇姑：泛指一般妇女。

4    饷（xiǎng）田：到田间送饭。

5    三百石：汉制，县尉官禄俸四百石至二百石，此处用三百石代指自己的俸禄。

6    晏：晚。

## 李都尉古剑 [1]

古剑寒黯黯，铸来几千秋。
白光纳日月，紫气排斗牛 [2]。
有客借一观，爱之不敢求。
湛然玉匣中，秋水澄不流。
至宝有本性，精刚无与俦。
可使寸寸折，不能绕指柔。
愿快直士心 [3]，将断佞臣头 [4]。
不愿报小怨，夜半刺私仇。
劝君慎所用，无作神兵羞。

　　全诗以古剑为题，层层剥开它的属性：先渲染剑光凛凛，再铺垫剑气冲天际、剑色如秋水，最后道出古剑的本性是无与伦比的精纯与坚硬。然而，诗人又非一味咏剑，全诗未有一言离剑，却未有一言滞于剑，无不蕴含着诗人的为官信念：既要外修凛然正气，又要内修刚直本性。其中，"可使寸寸折，不能绕指柔"反用刘琨"何意百炼钢，化为绕指柔"（《重赠卢谌》）之意，以比兴的手法活画出一位耿直刚强、不畏强权的形象，与贾岛"十年磨一剑，霜刃未曾试。今日把示君，谁有不平事"（《剑客》）相比，具有更高的境界。白诗中"无波古井水，

有节秋竹竿"(《赠元稹》)、"四面无附枝,中心有通理"(《云
居寺孤桐》),用同法,皆深得比兴寄托之古意。

―――

1　李都尉:汉朝李陵曾官拜骑都尉,后世多称其为李都尉。

2　斗牛:二星宿名,此处形容剑气可上冲天际。

3　直士:刚正不阿之人。

4　佞(nìng)臣:奸臣。

# 赠元稹 [1]

自我从宦游[2]，七年在长安。
所得唯元君，乃知定交难。
岂无山上苗，径寸无岁寒。
岂无要津水[3]，咫尺有波澜。
之子异于是，久处誓不谖[4]。
无波古井水，有节秋竹竿。
一为同心友，三及芳岁阑[5]。
花下鞍马游，雪中杯酒欢。
衡门相逢迎[6]，不具带与冠。
春风日高睡，秋月夜深看。
不为同登科，不为同署官。
所合在方寸[7]，心源无异端。

──　　"一人知己足平生"（赵翼《次韵答孙俟》）。白居易足够
幸运，出仕七年中结交了元稹这样一个终身的知己。此诗先
叙元稹的个性澄澈正直、笃定友谊，再叙春赏花秋赏月、同饮
同游、相亲相近的三年交谊，最后叙说真正的友谊是心与心的
相知相许。全篇读来有《古诗十九首》的质朴真挚，叙述中夹
杂比兴、议论，又间或细腻真切的描写。"衡门相逢迎，不具带

与冠"四句,将元、白之间的那种亲切、熟悉刻画得淋漓尽致,
宛若你我身边的老友相处,真实而动人。

1  元稹:字微之,排行第九,河南人。元和元年(806),与白居
易同登制科,对策第一,拜左拾遗。与白居易过从甚密。

2  宦游:出仕为官。

3  要津:指显要的职位。

4  谖(xuān):忘记。

5  岁阑:岁暮,年终。

6  衡门:横木为门,指简陋的屋舍。

7  方寸:指内心。

# 宿紫阁山北村

晨游紫阁峰[1]，暮宿山下村。
村老见予喜，为予开一樽。
举杯未及饮，暴卒来入门。
紫衣挟刀斧[2]，草草十余人[3]。
夺我席上酒，掣我盘中飧[4]。
主人退后立，敛手反如宾。
中庭有奇树，种来三十春。
主人惜不得，持斧断其根。
口称采造家[5]，身属神策军[6]。
主人慎勿语，中尉正承恩[7]。

此诗以两次戏剧冲突结构全篇：第一次是暴卒闯入，抢夺酒食，诗人茫然失措，村老却见惯不怪；第二次则是暴卒砍伐村老养了三十年的树木，村老去拦阻，在暴卒道出身份后，诗人却赶紧劝阻"主人慎勿语，中尉正承恩"。前次冲突，诗人用了"夺""掣"二字活画暴徒形象，以村老特别顺从的态度折射出此事必然经常发生。后次冲突，尤其是最后一句画龙点睛，将矛头指向神策军当权者吐突承璀甚至皇帝，此诗的思想意义至此提升到一定高度。

1　紫阁峰：今在西安西南，为终南山的山峰之一。

2　紫衣：唐代神策军所穿的粗紫色衣服。

3　草草：杂乱的样子。

4　飧（sūn）：晚饭。

5　采造家：唐代神策军专管采伐营造的人员。

6　神策军：当时皇家的禁卫军。

7　中尉：指时任左神策军中尉的吐突承璀。

# 感　鹤

鹤有不群者，飞飞在野田。

饥不啄腐鼠，渴不饮盗泉[1]。

贞姿自耿介，杂鸟何翩翾[2]？

同游不同志，如此十余年。

一兴嗜欲念，遂为矰缴牵[3]。

委质小池内[4]，争食群鸡前。

不惟怀稻粱[5]，兼亦竞腥膻[6]。

不惟恋主人，兼亦狎乌鸢[7]。

物心不可知，天性有时迁。

一饱尚如此，况乘大夫轩[8]？

————

　　一只卓尔不群的白鹤，十余年来不与杂鸟为伍，洁身自好，秉持操守，却因一念之差，沦为主人池中玩物，与群鸡争食，与乌鸦、老鹰相亲近。然而诗人为鹤感伤耶？亦为人感伤耶？人亦有如此者，一直清白持身、耿直狷介，却因一个微小的贪念，抛弃长久以来的坚守，变成以前鄙夷不屑的汲汲名利之徒，或更有甚者。全诗将咏物与感伤人物紧密地结合在一起，特别是末句"况乘大夫轩"，巧妙用典，实属神来之笔，让读者不知不觉中感受到物质和欲望对人本性和理想的异化，着实令人唏嘘。

1　腐鼠、盗泉：比喻轻贱低劣之物。

2　翩翾（piān xuān）：鸟飞舞的样子。

3　矰（zēng）：古代用来射鸟的拴着长绳的短箭。缴（zhuó）：拴在箭上的长绳。

4　委质：委身于此。

5　稻粱：古时常用来代指俸禄。

6　腥膻（shān）：肉食，古时常用来代指污浊丑恶之物。

7　鸢（yuān）：老鹰。

8　乘大夫轩：春秋时，卫懿公好鹤，让鹤乘坐大夫的车子。后世多指做官。

# 寄唐生[1]

贾谊哭时事[2]，阮籍哭路歧[3]。

唐生今亦哭，异代同其悲。

唐生者何人？五十寒且饥。

不悲口无食，不悲身无衣。

所悲忠与义，悲甚则哭之。

太尉击贼日[4]，　段太尉以笏击朱泚。

尚书叱盗时[5]，　颜尚书叱李希烈。

大夫死凶寇[6]，　陆大夫为乱兵所害。

谏议谪蛮夷[7]。　阳谏议左迁道州。

每见如此事，声发涕辄随。

往往闻其风，俗士犹或非。

怜君头半白，其志竟不衰。

我亦君之徒，郁郁何所为？

不能发声哭，转作乐府诗。

篇篇无空文，句句必尽规。

功高虞人箴[8]，痛甚骚人辞[9]。

非求宫律高[10]，不务文字奇。

惟歌生民病，愿得天子知。

未得天子知，甘受时人嗤。

药良气味苦，瑟淡音声稀。

不惧权豪怒，亦任亲朋讥。

人竟无奈何，呼作狂男儿。

每逢群动息，或遇云雾披[11]。

但自高声歌，庶几天听卑[12]。

歌哭虽异名，所感则同归。

寄君三十章，与君为哭词。

　　"大凡物不得其平则鸣"（韩愈《送孟东野序》）。唐生之哭、白居易之诗亦如此。唐生善哭，时人常不以为然，却不知唐生所哭并非个人得失，而是忠义良士的不平遭遇；白居易善诗，独倡新乐府，时人呼为"狂男儿"，却不知诗人并非纠结于个人情思，而是要揭示生民之苦痛，以期对朝廷施政有所裨益。所谓"长歌当哭"就是这样吧！"篇篇无空文""非求宫律高""惟歌生民病"等诗句，明确宣示了诗人践行不务宫律、文字新奇的诗学主张，对后世的诗歌创作产生了深远影响。全诗通篇浑融，深刻议论中充盈着情感，发人深省，启人深情。

1　唐生：即唐衢，白居易同时人，以善哭闻名。

2　贾谊：汉文帝时人，曾上《陈政事疏》，称"臣窃唯时势可为痛哭者一,可为流涕者二,可为长太息者六"。

3 阮籍:魏晋"竹林七贤"之一,曾驾车而行,无路时恸哭而返。

4 太尉:德宗朝太尉段秀实。朱泚召段太尉等议事,言及叛唐自立之事,段太尉用同僚笏板痛打朱泚,因此遇害。

5 尚书:代宗朝尚书左丞颜真卿。李希烈叛唐,颜真卿前去劝谕,希烈威逼利诱,劝降颜真卿,真卿不为所动,一直骂不绝口,因而遇害。

6 大夫:德宗朝御史大夫陆长源,时任宣武军行军司马。宣武镇节度使董晋死后,陆长源留守,因整肃军纪,被骄兵所杀。

7 谏议:德宗朝谏议大夫阳城。当时,有名薛约者,因言事获罪,被贬连州。阳城却设宴与薛约话别,惹怒德宗,将阳城贬往道州。

8 虞人箴:虞人之箴,相传是虞人为规谏后羿沉迷狩猎所作的箴言,已失传。《左传·襄公四年》载,晋魏绛曾用虞人之箴规诫晋悼公。虞人,古时掌管山泽苑囿田猎的官吏。箴,古代以告诫规劝为主的一种文体。

9 骚人辞:指《离骚》等楚辞作品。

10 宫律:宫商律吕,代指诗词声律之美。

11 云雾披:披云见日,比喻得见君王圣明。

12 天听卑:代指君王能听闻下位者的声音。

## 轻　肥[1]

意气骄满路，鞍马光照尘。
借问何为者？人称是内臣[2]。
朱绂皆大夫[3]，紫绶或将军[4]。
夸赴军中宴，走马去如云。
樽罍溢九酝[5]，水陆罗八珍[6]。
果擘洞庭橘[7]，脍切天池鳞[8]。
食饱心自若，酒酣气益振。
是岁江南旱，衢州人食人[9]。

　　古诗文中常有以结句逆挽全篇的手法，有人称它为"劝百讽一"，有人称它为"曲终奏雅"，此诗便是这样。前面十四句从赴宴排场、赴宴穿着，写到宴会上的山珍海味、美酒佳肴，再写到酒足饭饱后的自得与骄傲，极尽所能地描述了内臣生活的奢华和性情的骄纵。直到最后两句，以江南旱灾导致人吃人的场景作结，有如截断众流、当头棒喝，形成强烈的反差，揭露出民不聊生的根源是内臣及当政者强权腐败。未着一字议论，却酣畅淋漓，将讽刺的矛头指向当政者。

　　1　轻肥：轻裘肥马，借指豪奢的生活。此诗选自《秦中吟》组诗,《秦中吟》是一组揭露弊政、反映长安社会生活的讽喻诗。

2　内臣:太监,宦官。

3　朱绂(fú):指红色的衣服。唐五品以上官服为红色。

4　紫绶:紫色丝带,用以系印。

5　樽罍(zūn léi):泛指酒器。九酝:一种名酒。

6　水陆八珍:泛指水产与陆产的各种美味。

7　擘(bò):剥开。洞庭橘:"洞庭负霜之橘",为天下名品。

8　鲙(kuài):细切鱼肉。天池:海的别称。

9　衢(qú)州:今浙江衢州,唐属江南东道。

## 上阳白发人 [1] <sub></sub>愍怨旷也 [2]

天宝五载已后，杨贵妃专宠 [3]，后宫人无复进幸矣。
六宫有美色者，辄置别所，上阳是其一也。贞元中尚存焉。

上阳人，红颜暗老白发新。
绿衣监使守宫门 [4]，一闭上阳多少春。
玄宗末岁初选入，入时十六今六十。
同时采择百余人 [5]，零落年深残此身。
忆昔吞悲别亲族，扶入车中不教哭 [6]。
皆云入内便承恩，脸似芙蓉胸似玉。
未容君王得见面，已被杨妃遥侧目。
妒令潜配上阳宫 [7]，一生遂向空房宿。
秋夜长，夜长无寐天不明。
耿耿残灯背壁影，萧萧暗雨打窗声。
春日迟，日迟独坐天难暮。
宫莺百啭愁厌闻，梁燕双栖老休妒。
莺归燕去长悄然 [8]，春往秋来不记年。
唯向深宫望明月，东西四五百回圆。
今日宫中年最老，大家遥赐尚书号 [9]。
小头鞋履窄衣裳，青黛点眉眉细长。

外人不见见应笑，天宝末年时世妆[10]。

上阳人，苦最多。

少亦苦，老亦苦，少苦老苦两如何？

君不见昔时吕向美人赋[11]，

天宝末，有密采艳色者，当时号花鸟使。吕向献《美人赋》以讽之。

又不见今日上阳白发歌。

与其他吟咏宫禁女子的《新乐府》诗相比，此诗有许多独特之处。其一，他诗多吟咏宫女得意复失意、独守青春苦闷与幽怨，大有泛指的意味，多寄托自伤之情；此诗则是专注一个从未得意过的暮年宫女，细致入微地刻画了主人公白天盼天黑、夜晚又盼天明的苦熬，以及心理从最初黯然神伤到后来慢慢习惯再到最后豁然自嘲的变化，并将这悲剧的源头拈出，直指宫女的采择制度，思想极为深刻。其二，此诗议论虽多，却描写细腻，尤其是很多景语如"耿耿残灯"诸句的衬托，使议论不滞不涩，极为生动。这正是诗人所践行的"一吟悲一事"（《伤唐衢》）、"惟歌生民病，愿得天子知"（《寄唐生》）的典型诗作。

1　上阳：唐时宫名，在东都洛阳宫城西南角。此诗选自《新乐府》。《新乐府》组诗共五十首,是全面反映唐代社会现实的一组讽喻诗。以下三篇均选自《新乐府》。

2　此为仿《诗经》所作的篇题小序。愍(mǐn),哀怜。怨旷,此处专指女子无夫。

3　杨贵妃:杨玉环,号太真,原为玄宗之子寿王瑁妃,后被玄宗纳入禁中,册封贵妃。

4　绿衣监使:唐代宫廷内负责监管宫女的官员,穿深绿或浅绿官服。

5　采择:采选入宫女子。

6　不教:不让。

7　妒(dù):同“妒”。

8　悄然:黯然神伤。

9　大家:内宫对皇帝的称呼。

10　时世妆:当时流行的妆容。

11　吕向:开元年间入翰林,曾在开元年间献《美人赋》,下注称“天宝末”有误。

## 新丰折臂翁[1]　戒边功也

新丰老翁八十八，头鬓眉须皆似雪。
玄孙扶向店前行[2]，左臂凭肩右臂折[3]。
问翁臂折来几年，兼问致折何因缘？
翁云贯属新丰县[4]，生逢圣代无征战。
惯听梨园歌管声[5]，不识旗枪与弓箭。
无何天宝大征兵[6]，户有三丁点一丁。
点得驱将何处去？五月万里云南行[7]。
闻道云南有泸水[8]，椒花落时瘴烟起[9]。
大军徒涉水如汤，未过十人二三死。
村南村北哭声哀，儿别爷娘夫别妻。
皆云前后征蛮者，千万人行无一回。
是时翁年二十四，兵部牒中有名字[10]。
夜深不敢使人知，偷将大石锤折臂。
张弓簸旗俱不堪[11]，从兹始免征云南。
骨碎筋伤非不苦，且图拣退归乡土[12]。
臂折来来六十年[13]，一肢虽废一身全。
至今风雨阴寒夜，直到天明痛不眠。
痛不眠，终不悔，且喜老身今独在。
不然当时泸水头，身死魂飞骨不收。

应作云南望乡鬼，万人冢上哭呦呦[14]。

云南有万人冢，即鲜于仲通、李宓曾覆军之所也。

老人言，君听取。

君不闻开元宰相宋开府[15]，

不赏边功防黩武。开元初，突厥数寇边，时大武
军子将郝灵佺出使[16]，因引特勒回鹘部落[17]，斩突厥默
啜，献首于阙下，自谓有不世之功。时宋璟为相，以天
子年少好武，恐徼功者生心，痛抑其党。逾年，始授郎
将。灵佺遂怏怏呕血而死也。

又不闻天宝宰相杨国忠[18]，

欲求恩幸立边功。

边功未立生人怨，请问新丰折臂翁。

天宝末，杨国忠为相，重结阁罗凤之役[19]，募人讨之，前
后发二十余万众，去无返者。又捉人连枷赴役，天下怨
哭，人不聊生，故禄山得乘人心而盗天下[20]。元和初[21]，
而折臂翁犹存，因备歌之。

----

　　当权者征战扩边的一己私念，常要无数百姓付出生离死
别的代价。为此，文人们常用笔墨代替百姓书写着心中的怨
愤和不满，从杜甫的《兵车行》到白居易的《新丰折臂翁》，无
不贯穿着反对战争、向往和平的主题。当新丰折臂翁谈起当

年自残逃死的经历,言语间还充满着一丝侥幸未死的喜悦时,所有旁观者为这近似病态的心理惊呆了,不约而同地会去严厉谴责那些发动战争的人们。全诗主体是老翁的讲叙,首尾诗人现身,回环照应,尤显工致。"夜深不敢使人知,偷将大石捶折臂",沉痛之至,直令鬼神同泣。如果说《上阳白发人》是以景物描写取胜,那么此诗则是以故事叙述的传奇细节取胜,都是议论诗的生动范例。

1  新丰:县名,在今陕西临潼东北。

2  玄孙:孙子的孙子。

3  凭肩:以手靠在别人肩上。

4  贯:籍贯,乡贯。

5  梨园:唐玄宗设立的音乐机构。

6  无何:不久。天宝:唐玄宗年号(742—756)。史载,天宝年间,南诏王反,玄宗欲讨之。杨国忠举荐鲜于仲通率精兵八万征讨南诏,却全军覆灭。后杨国忠又使司马李宓再讨南诏,因南地瘴气和军饷匮乏而亡者,十之八九。

7  云南:指南诏国,唐时管辖范围包括今云南全境,贵州、四川、西藏一部分,以及越南、缅甸等部分国土。

8  泸水:即金沙江。

9  椒花:花椒之花。瘴烟:即瘴气,南方湿热之气,古人以为能致疟疾等疫病。当时人称，农历五月后南地瘴气尤厉。

10　兵部牒（dié）：兵部文书，此处指征兵名簿。

11　簸旗：摇旗。

12　拣退：挑选剔除。

13　来来：以来，唐人的习惯用语。

14　万人冢：在今云南大理下关。

15　宋开府：宋璟，开元年间任尚书右丞相、开府仪同三司。

16　大武军：即大同军，在河北道代州雁门郡（今山西忻州）
北。子将：唐时武官名。

17　回鹘（hú）：本称回纥，古时北方地区部族名，其先为铁勒
部落之一，特勒是其别称。

18　杨国忠：杨贵妃族兄，天宝十一载（752）官拜右相。

19　阁罗凤：南诏国第五代王，天宝年间反唐。

20　禄山：安禄山，天宝十四载（755）身兼范阳、平卢、河东三
节度使，发动安史之乱，后建立燕政权，年号圣武。

21　元和：唐宪宗年号（806—820）。

## 卖炭翁　苦宫市也[1]

卖炭翁，伐薪烧炭南山中[2]。
满面尘灰烟火色，两鬓苍苍十指黑。
卖炭得钱何所营[3]？身上衣裳口中食。
可怜身上衣正单，心忧炭贱愿天寒。
夜来城外一尺雪，晓驾炭车辗冰辙。
牛困人饥日已高，市南门外泥中歇。
翩翩两骑来是谁[4]？黄衣使者白衫儿[5]。
手把文书口称敕[6]，回车叱牛牵向北。
一车炭，千余斤，宫使驱将惜不得[7]。
半匹红纱一丈绫[8]，系向牛头充炭直[9]。

"卑鄙是卑鄙者的通行证"，这或许堪称中唐宫使无耻没有下限的时代写照。辛辛苦苦砍柴烧炭的老翁，街市上遇到了前来采购的宦官，宦官一如既往地无理与蛮横，不但抢了一车炭，还要困顿的老翁赶着牛车送到宫中，最后只给了既不能充饥也不能御寒的"半匹红纱一丈绫"。诗人径直写来，并未像其他诗一样最后发表议论，却将中唐宫市的本质揭露无疑。与《上阳白发人》《新丰折臂翁》这些优秀的讽喻诗相比，此诗更显现出寓主观议论于客观描述之中的典型力量。"可怜

身上衣正单,心忧炭贱愿天寒"中的"愿"字,生动描写出老
翁因为贫困而近乎变态的心理,尤为新颖深刻。

1　宫市:宫中采购货物。

2　伐薪:砍柴。南山:终南山。

3　营:营求。

4　翩翩:此处指得意的样子。

5　黄衣使者:指宦官。白衫儿:指受宦官指使的市井游民。

6　把:拿。敕(chì):帝王的诏令。

7　宫使:宫内使者,指宦官。

8　绫(líng):细薄而有花纹的丝织品。

9　直:同"值",价钱。

## 井底引银瓶[1]　止淫奔也[2]

井底引银瓶，银瓶欲上丝绳绝。

石上磨玉簪，玉簪欲成中央折。

瓶沉簪折知奈何，似妾今朝与君别。

忆昔在家为女时，人言举动有殊姿。

婵娟两鬓秋蝉翼[3]，宛转双蛾远山色[4]。

笑随戏伴后园中，此时与君未相识。

妾弄青梅凭短墙[5]，君骑白马傍垂杨[6]。

墙头马上遥相顾，一见知君即断肠。

知君断肠共君语，君指南山松柏树。

感君松柏化为心，暗合双鬟逐君去[7]。

到君家舍五六年，君家大人频有言[8]。

聘则为妻奔是妾[9]，不堪主祀奉蘋蘩[10]。

终知君家不可住，其奈出门无去处。

岂无父母在高堂[11]，亦有亲情满故乡[12]。

潜来更不通消息，今日悲羞归不得。

为君一日恩，误妾百年身。

寄言痴小人家女[13]，慎勿将身轻许人。

———　　青梅竹马，墙头马上。爱得那么汹涌、天真，却抵不过现实的种种考验。爱情的完满总是差那么一点点：就像从井底汲水，马上就到井口，丝绳却断了；就像在石头上琢磨玉簪，马上就要成功，玉簪却从中间断开。诗人用比兴的手法，表现出对女子不幸生活的同情。紧接着诗人追述这段有关"爱"的往事，从当年一见钟情到私定终身，再到终不被家长所容，其中有小女子的欢喜，更有少妇的愁怨。这愁怨一点点叠加、积累，终于逼出"为君一日恩，误妾百年身"的冲口而出。就此爱情了断，只剩埋怨，封建礼教战胜了坚定的爱情。尽管诗人并未否定礼教，却客观呈现了礼教对美好爱情的破坏。

1  引：拉起，提起。银瓶：汲水器。

2  淫奔：古时男女私相奔就、自行结合，被称为淫奔。

3  婵娟：形容美好的样子。两鬓秋蝉翼：蝉鬓，古时妇女的一种发式，因两鬓薄如蝉翼得名。

4  双蛾：指女子的双眉。

5  青梅：梅子。凭：靠。短墙：矮墙。

6  白马：竹马。上二句本李白《长干行》："妾发初覆额，折花门前剧。郎骑竹马来，绕床弄青梅。"

7  暗合双鬟：古时女子未出嫁时梳双鬟，结婚时合双鬟为一，挽发而笄。

8  大人：家长，即男方父母。

9　聘：古时称订婚、迎娶之礼为聘。

10　蘋蘩：两种水草，古时常由夫人采之以供祭祀。

11　高堂：正房，正厅，父母居住之所。

12　亲情：亲戚。

13　痴小：幼稚，天真。

# 早秋独夜

井桐凉叶动，邻杵秋声发[1]。
独向檐下眠，觉来半床月。

———

　　井边梧桐，凉风袭来，细叶簌簌。邻家捣衣的声音传来，才觉出已是夏去秋来。风凉、叶碎只是让诗人讶异，捣衣声才告诉了诗人秋的消息。秋夜，孤独的人总是倍感凄凉，想要睡上一会，却被那半床月光惊醒，不免又陷入深思与伤感中。此诗紧扣"早秋""独""夜"，传达出一种感伤的情绪，四句起承转合，自然流利。末句以景作结，写那空置的半床只有明月，韵味悠长。

———

1　杵（chǔ）：捶衣用的短木棒。

# 友人夜访

檐间清风簟[1]，松下明月杯。
幽意正如此，况乃故人来。

———

"清风朗月不用一钱买"（李白《襄阳歌》），清风可以入我室，明月可以对我饮。诗人于檐间置席，在松下设饮，一片幽静的气氛，一种雅致的情怀。恰在此时，故人来访，真可谓良辰美景佳会！要是陶渊明，写及如此幽景，当戛然而止；若是苏轼，写及如此幽意，当发理趣盎然之语作结；白居易则人情味具足，偏要写及故人的到来，幽情中总见亲情或友情，自然亲切。有人以为白诗的这一点现实，拉低了诗词格调，其实未必尽然，反之，或可使人从中感受到更绵绵的情致。

———

1　簟（diàn）：竹席。

## 游悟真寺诗一百三十韵[1]

元和九年秋，八月月上弦[2]。
我游悟真寺，寺在王顺山。
去山四五里，先闻水潺潺[3]。
自兹舍车马，始涉蓝溪湾[4]。
手拄青竹杖，足蹋白石滩。
渐怪耳目旷，不闻人世喧。
山下望山上，初疑不可攀。
谁知中有路，盘折通岩巅。
一息幡竿下[5]，再休石龛边[6]。
龛间长丈余，门户无扃关[7]。
俯窥不见人，石发垂若鬟[8]。
惊出白蝙蝠，双飞如雪翻。
回首寺门望，青崖夹朱轩。
如擘山腹开，置寺于其间。
入门无平地，地窄虚空宽。
房廊与台殿，高下随峰峦。
岩崿无撮土[9]，树木多瘦坚。
根株抱石长，屈曲虫蛇蟠。
松桂乱无行，四时郁芊芊[10]。

枝梢裊清吹[11]，韵若风中弦。

日月光不透，绿阴相交延。

幽鸟时一声，闻之似寒蝉。

首憩宾位亭[12]，就坐未及安。

须臾开北户，万里明豁然。

拂檐虹霏微[13]，绕栋云回旋。

赤日间白雨，阴晴同一川。

野绿蔟草树，眼界吞秦原。

渭水细不见，汉陵小于拳[14]。

却顾来时路，萦纡映朱栏。

历历上山人，一一遥可观。

前对多宝塔[15]，风铎鸣四端[16]。

栾栌与户牖[17]，袷恰金碧繁[18]。

云昔迦叶佛[19]，此地坐涅槃[20]。

至今铁钵在[21]，当底手迹穿。

西开玉像殿，百佛森比肩[22]。

抖擞尘埃衣[23]，礼拜冰雪颜。

叠霜为袈裟[24]，贯雹为华鬘[25]。

逼观疑鬼功，其迹非雕镌[26]。

次登观音堂[27]，未到闻旃檀[28]。

上阶脱双履，敛足升净筵。

六楹排玉镜[29]，四座敷金钿[30]。
黑夜自光明，不待灯烛燃。
众宝互低昂，碧佩珊瑚幡[31]。
风来似天乐，相触声珊珊[32]。
白珠垂露凝，赤珠滴血殷。
点缀佛髻上，合为七宝冠[33]。
双瓶白琉璃，色若秋水寒。
隔瓶见舍利[34]，圆转如金丹。
玉笛何代物？天人施祇园[35]。
吹如秋鹤声，可以降灵仙。
是时秋方中，三五月正圆。
宝堂豁三门[36]，金魄当其前[37]。
月与宝相射，晶光争鲜妍。
照人心骨冷，竟夕不欲眠。
晓寻南塔路，乱竹低婵娟。
林幽不逢人，寒蝶飞翩翩[38]。
山果不识名，离离夹道蕃。
足以疗饥乏，摘尝味甘酸。
道南蓝谷神，紫伞白纸钱。
若岁有水旱，诏使羞蘋蘩[39]。
以地清净故，献奠无荤膻。

危石叠四五，巋嵬欹且刓[40]。
造物者何意？堆在岩东偏。
冷滑无人迹，苔点如花笺[41]。
我来登上头，下临不测渊。
目眩手足掉[42]，不敢低头看。
风从石下生，薄人而上抟[43]。
衣服似羽翮[44]，开张欲飞骞[45]。
巉巉三面峰[46]，峰尖刀剑攒。
往往白云过，决开露青天。
西北日落时，夕晖红团团。
千里翠屏外，走下丹砂丸。
东南月上时，夜气青漫漫。
百丈碧潭底，写出黄金盘。
蓝水色似蓝，日夜长潺潺。
周回绕山转，下视如青环。
或铺为慢流，或激为奔湍。
泓澄最深处[47]，浮出蛟龙涎。
侧身入其中，悬磴尤险难[48]。
扪萝踏樛木[49]，下逐饮涧猨。
雪迸起白鹭，锦跳惊红鳣[50]。
歇定方盥漱，濯去支体烦[51]。

浅深皆洞澈，可照脑与肝。
但爱清见底，欲寻不知源。
东崖饶怪石，积甃苍琅玕[52]。
温润发于外，其间韫玙璠[53]。
卞和死已久[54]，良玉多弃捐。
或时泄光彩，夜与星月连。
中顶最高峰，拄天青玉竿。
翩龄上不得[55]，岂我能攀援？
上有白莲池，素葩覆青澜[56]。
闻名不可到，处所非人寰。
又有一片石，大如方尺砖。
插在半壁上，其下万仞悬。
云有过去师，坐得无生禅[57]。
号为定心石，长老世相传。
却上谒仙祠，蔓草生绵绵。
昔闻王氏子，羽化升上玄[58]。
其西晒药台，犹对芝术田[59]。
时复明月夜，上闻黄鹤言。
回寻画龙堂，二叟鬓发斑[60]。
想见听法时，欢喜礼印坛[61]。
复归泉窟下，化作龙蜿蜒。

阶前石孔在，欲雨生白烟。

往有写经僧，身静心精专。

感彼云外鸽，群飞下翩翩。

来添砚中水，去吸岩底泉。

一日三往复，时节长不愆。

经成号圣僧[62]，弟子名杨难。

诵此莲花偈[63]，数满百亿千。

身坏口不坏，舌根如红莲[64]。

颅骨今不见，石函尚存焉。

粉壁有吴画[65]，笔彩依旧鲜。

素屏有褚书[66]，墨色如新干。

灵境与异迹，周览无不殚。

一游五昼夜，欲返仍盘桓。

我本山中人，误为时网牵。

牵率使读书[67]，推挽令效官[68]。

既登文字科，又忝谏诤员。

拙直不合时，无益同素餐。

以此自惭惕，戚戚常寡欢。

无成心力尽，未老形骸残。

今来脱簪组[69]，始觉离忧患。

及为山水游，弥得纵疏顽。

野麋断羁绊，行走无拘挛。

池鱼放入海，一往何时还？

身着居士衣[70]，手把南华篇[71]。

终来此山住，永谢区中缘[72]。

我今四十余，从此终身闲。

若以七十期，犹得三十年。

———

千岩竞秀，万壑争流，又佛庙居中，梵音袅袅。此诗为白居易五言古诗中最长之作，以山中之寺、寺外之山为题，在山的奇峻和寺的醇古之间自由转笔，囊括了山寺清幽景致、名胜古迹和历史传说，有如一篇游记，平铺直叙，不加雕琢，即使夸张比喻也不离写实的特色，如"渭水细不见，汉陵小于拳"，很能体现白居易诗的风格。

首四句开门见山，点明游赏时间地点。"去山四五里"至"置寺于其间"为寺外之山，"回首"下四句稍作顿挫，随笔写寺，令人心神摇荡。"入门无平地"至"竟夕不欲眠"，从寺之路径的逶迤、树木的苍郁，写到寺中布置与法物，进而写到月夜寺庙之景，颇有迷离异界之感，且契合"一游五昼夜"之意。"晓寻南塔路"至"其下万仞悬"总写周游寺外山景，涵盖了几昼夜游赏的情形，由"日落""月上"等词可见一斑，此段记游并非毫无章法，由南写到东再写到中，由上写到下，秩序井然。

"云有过去师"到"周览无不殚"集中笔墨,写山寺传说及名胜,增加了山寺的历史厚度。"灵境与异迹"为游记总束,概括以上游览记景和记事,点出了山的灵秀俊逸和寺的法相尊严。"我本山中人"以下为抒发感慨,表达了对佛家、道家所言出世生活的向往和追求。"我今四十余"至"犹得三十年"是白居易声口,如平常家语,却内蕴情趣,清新可读。

　　总之,此诗记游不乏诗意,又能逐层铺叙,沛然有余,被后世奉为绝唱,堪与杜甫《北征》、韩愈《南山》齐名。它以诗代记,拓宽了诗歌的功能,在唐人以前很少出现,可视为白居易对诗歌发展做出的贡献。

1　悟真寺:在蓝田县(今属陕西)东南二十里王顺山,为隋时高僧净业所建。

2　月上弦:即上弦月。

3　潺湲(chán yuán):水缓慢流动的样子。

4　蓝溪:发源于蓝谷(即蓝田谷,在今陕西蓝田),西北注入灞水。

5　幡(fān)竿:系佛幡的杆,此处指寺庙前的旗杆。

6　石龛(kān):供奉佛像的石室。

7　扃(jiōng)关:关为门闩,扃为插关之处。

8　石发(fà):陆生乌韭。一说指水边石上的苔藓。

9  嶭(è)：山崖。

10  芊(qiān)芊：草木茂盛的样子。

11  袅(niǎo)：形容枝条摇曳。清吹：清越的乐音。

12  宾位亭：佛教寺院常以右为主位，左为宾位。若寺面朝南，则东为主位，西为宾位。

13  霏微：雾气弥漫的样子。

14  汉陵：汉诸帝陵，在长安以北。

15  多宝塔：《法华经》中记载的七宝塔中佛，又称多宝如来，是东方宝净世界之主。唐人崇信《法华经》，常依此建多宝塔。

16  风铎(duó)：风铃。

17  栾栌：屋中柱顶承梁之木，曲的叫栾，直的叫栌。

18  袷(xiá)恰：亦作恰恰、洽洽，多而密集的样子。

19  迦叶佛：佛陀十大弟子之一，被尊为禅宗第一代祖师。传说佛陀入灭后，迦叶主持正法，至第二十年，乃往鸡足山寂灭。

20  涅槃：梵语，意译灭度、寂灭，指灭除一切烦恼。

21  钵(bō)：盛食物品的器皿，僧人常持此化缘。

22  百佛：泛指佛像众多。

23  抖擞：佛家常以"抖擞"为头陀的意译，并以"抖擞尘埃"喻苦行修道、去除烦恼。

24  袈裟：僧衣。

25  华鬘(mán)：以丝缀花或打结，装饰在身上或颈项上。

华鬘本为印度风俗,寺院常用供佛。

26　雕镌(juān):雕琢。

27　观音堂:观音殿,供养观世音菩萨之处。

28　旃(zhān)檀:又称檀香、白檀,珍稀的香料。

29　楹(yíng):厅堂前的柱子。排玉镜:佛堂悬镜为庄严具,
又象征法性清净。

30　金钿(diàn):佛殿宝座以金钿为饰。

31　幡:宝幡,悬挂于佛堂内。

32　珊珊:形容声音悦耳的样子。

33　七宝:七种珍宝,又称七珍。唐时以黄金、白银、琉璃、颇
梨(即玻璃)、美玉、赤珠、琥珀为七宝。

34　舍利:舍利子,佛或高僧灭寂后的遗骨。

35　祇(qí)园:梵文意译"祇树给孤独园"的简称,是印度佛
教圣地之一。相传给孤独长者买祇陀太子园地,祇陀太子又
献园中林木,建为精舍,供释迦讲法。后用来代称佛寺。

36　三门:寺院之大门称三门,亦作山门,含有智慧、慈悲、方
便三解脱之义。

37　金魄:指满月。

38　翾(xuān)翾:形容翻飞的样子。

39　羞:进献供享之物。蘋蘩:见《井底引银瓶》注。

40　嵓嵬(lěi wéi):高下不平的样子。攲(qī):倾斜。刓

（wán）：圆钝无棱角的样子。

41　花笺（jiān）：印有花样的精美信纸。

42　掉：摇动。

43　薄：逼近，迫近。上抟（tuán）：向上飞升。

44　羽翮（hé）：鸟翼。翮为羽根。

45　飞骞（qiān）：高飞。

46　嵷（sǒng）嵷：山势险峻。

47　泓：水深。澄：清澈。

48　悬磴：石桥。

49　扪（mén）：扶持。樛（jiū）木：树枝向下弯曲的树木。

50　红鳣（zhān）：红鲤鱼，古称大鲤鱼为鳣。

51　支体：同"肢体"。

52　甃（zhòu）：用砖瓦砌的井壁。琅玕（láng gān）：似玉
之石。

53　韫（yùn）：收藏，蕴藏。玙璠（yú fán）：美玉。

54　卞和：据《韩非子》记载，卞和为春秋时楚国人，得玉石，
两度献楚王，却因无人识玉而被砍双足。楚文王继位，见到卞
和，请治玉之人，从玉石中剖得美玉，便是和氏璧。

55　鼯鼱（jiōng líng）：斑鼠。

56　素葩（pā）：白色花朵。

57　无生禅：佛教以破除生灭妄见者为无生，无生禅即证得无

生之禅法。

58　王氏子：盖指王顺。相传悟真寺所在之山，因有道人王顺隐居于此而得名。上玄：上天。

59　芝术（zhú）：指灵芝和蓟草两种药草，道教常用作仙药。

60　二叟：此处指寺中画龙堂的二叟壁画，取自佛经龙王听法故事。相传唐武则天时大旱，僧众千人讲经祈雨，有二老人听法。讲毕，讲僧问二老，二老自叙为伊、洛二水龙王，闻法感化。

61　礼印：礼拜印，礼拜佛所示印相、手印。坛：讲说佛法的坛场、道场。

62　圣僧：此叙释法诚故事。据《续高僧传》载，释法诚，俗姓樊，雍州万年人。童小出家，奉持《法华经》。历游名岳，来到蓝谷，开创悟真寺，并在寺南造华严堂。请弘文学士张静写经，自己则每日烧香供养，时隔一年方写经完毕。法诚终身诵读《法华经》，十年不辍，万有余遍。

63　莲花偈：即《妙法莲华经》（《法华经》）偈。《法华经》诸品结尾皆以偈重宣经义。

64　舌根：舌。佛教以眼、耳、鼻、舌、身为五根。据《太平广记》载，贞观年间，悟真寺僧得一颅骨，上有唇吻及舌，鲜润若生，至夜乃诵《法华经》。寺僧将其用石函封置在千佛殿，后被新罗僧盗走。

65　吴画：唐代吴道子画。

66　褚书：唐代褚遂良书法作品。

67　牵率：被人牵引、引导。

68　推挽：受人推举帮助。

69　簪组：簪缨组绶，官员以簪缨饰冠，以组绶系印。

70　居士：佛教称在家修行者为居士。

71　南华篇：《庄子》。唐玄宗天宝元年封庄子为南华真人，所著书为《南华真经》。

72　区中：人世间，宇内。

# 登香炉峰顶 [1]

迢迢香炉峰，心存耳目想。

终年牵物役[2]，今日方一往。

攀萝蹑危石，手足劳俯仰。

同游三四人，两人不敢上。

上到峰之顶，目眩神恍恍。

高低有万寻[3]，阔狭无数丈。

不穷视听界，焉识宇宙广。

江水细如绳，湓城小于掌[4]。

纷吾何屑屑[5]，未能脱尘鞅[6]。

归去思自嗟，低头入蚁壤[7]。

　　登高临远，常会"念天地之悠悠"（陈子昂《登幽州台歌》），思一己之渺小。此诗截然二段，以"高低有万寻，阔狭无数丈"连缀成篇，前段写登香炉峰顶之险绝，后段抒发自峰顶凝望之感想。前半段侧重细描，"同游三四人，两人不敢上"，如此平实如话的诗句直入人心，写出了攀爬者的胆战心惊。后半段抒发议论，从宇宙广大写到江城微小，进而写到人的渺小，自然递进，通俗晓畅。首以暂离尘世的欢欣始，末以重归尘世的沮丧结，表现了诗人思想的演变，也展现了其深受老庄哲学影响的一面。"江水细如绳,湓城小于掌",用平常实物设喻,是白诗本色。

1　香炉峰:庐山的一座山峰。

2　物役:为物质所累,此处指做官。

3　寻:古时长度单位,八尺为一寻。

4　湓(pén)城:浔阳城,即今江西九江。

5　屑屑:琐细,微小。

6　尘鞅(yāng):世俗的束缚。鞅,套在马颈上的皮带。

7　蚁壤:蚁穴,此处比喻尘世。

# 小池二首

一

昼倦前斋热，晚爱小池清。
映林余景没[1]，近水微凉生。
坐把蒲葵扇[2]，闲吟三两声。

二

有意不在大，湛湛方丈余[3]。
荷侧泻清露，萍开见游鱼。
每一临此坐，忆归青溪居[4]。

　　诗人曾在《中隐》说，自己不爱幽独的山林，亦不爱喧闹的朝市，只爱"中隐"的清幽与散淡。此诗便体现了诗人的这一观念。白日官事缠身，心烦气躁。到了夜晚，闲坐小池边，欣赏眼前秀丽幽静的池景，享受片刻的清凉与惬意，品赏一下诗文的意趣，聊赏一下隐居的意境，悠游自处，何等舒适！二诗一味写来，毫无刻意，闲适之情已蕴其中。诗人这种观念对宋人有较多影响，苏轼在杭州时建中隐堂，又在诗中吟唱"未成小隐聊中隐，可得长闲胜暂闲"（《六月二十七日望湖楼醉书》）。

1　映林余景：小池折射出的林木即将消逝的影子。

2　蒲葵扇：用蒲葵做成的扇子，轻便易用。

3　湛湛：水清澈的样子。

4　青溪：水名，在今江苏南京附近，此处泛指隐居之所。

# 吾　雏

吾雏字阿罗[1]，阿罗才七龄。

嗟吾不生子，怜汝无弟兄。

抚养虽骄呆[2]，性识颇聪明。

学母画眉样，效吾咏诗声。

我齿今欲堕，汝齿昨始生。

我头发尽落，汝顶髻初成。

老幼不相待，父衰汝孩婴[3]。

缅想古人心，兹爱亦不轻。

蔡邕念文姬[4]，于公叹缇萦[5]。

敢求得汝力？但未忘父情。

　　父爱如海，包容儿女任何缺点，不图任何回报，"敢求得汝力，但未忘父情"足矣。"吾雏"这亲昵的题目，便已透露出父亲对女儿的庇护之情。此诗从女儿的名字娓娓道来，接着描述了女儿年龄、兄弟情况、娇痴而又聪明的行为举止，不假辞章却句句含情。诗人又将自己的衰老和女儿的成长对举，毫无自伤之意，满眼是见女儿长大的欣慰，感情表达细腻而真切。"缅想古人心"一句宕开，将"幼吾幼以及人之幼"之情拓展开来，点出父爱本质，引人共鸣，令人感动。

1　阿罗:即罗儿,生于元和十一年(816)。

2　骄呆:同"娇呆",娇痴。

3　孩婴:幼小。

4　文姬:东汉蔡邕女,名琰,字文姬。

5　缇萦(tí yíng):西汉齐太仓令淳于公女。史载,淳于公有
　五女却无男,罪当肉刑,骂其女:"生子不生男,缓急非有益。"
　缇萦上书请愿,终令汉文帝下令废除肉刑。

# 池畔二首

一

结构池西廊[1]，疏理池东树[2]。

此意人不知，欲为待月处。

二

持刀间密竹[3]，竹少风来多。

此意人不会[4]，欲令池有波。

　　一方池塘固然清秀，但若无风无月，池塘似乎就稍欠雅致了。在池塘的西边修上一条长廊，把东边的树木打理一番，再把茂密的竹林修理得稀疏一些，为的就是当月上树梢之时，于西廊下随着微澜吟风诵月。此二诗像日记一样，记录了诗人对池畔的修葺，不似诗而似园林修造之书。其叙述似拙实雅：前二句分别各叙一事，让读者不知其故；第三句一转，结为第四句，道出诗人追求清雅的本意，平淡中见情致，别是一种风格。

1　结构：建造。

2　疏理：整理，清理。

3　间：割。

4　会：了解，知道。

# 感　镜

美人与我别，留镜在匣中。
自从花颜去，秋水无芙蓉[1]。
经年不开匣[2]，红埃覆青铜[3]。
今朝一拂拭，自照憔悴容。
照罢重惆怅，背有双盘龙。

　　都说再好的浓情蜜意抵不过时间的消磨，或许对诗人来说并非如此。分手时美人留下了铜镜，但诗人怕睹物思人，不忍开匣而观。若干年后，终于哀伤不再那么浓烈，取出铜镜，上面已经覆满尘埃。诗人爱惜地擦拭，不想镜面映出的是自己衰老的容颜。迟暮的忧伤刚刚平复，镜背的双盘龙又牵起了对情人的想念。此诗一波三折，写足了分手的痛楚、别后的思念和人到暮年的感伤，深挚动人。前四句有如剪影，风情摇曳，侧面点出了情人的美丽和爱情的美好；后四句有如写真，刻画生动，正面抒发了诗人深刻的思念之情，两相映照，极为细腻。

1　秋水：指镜面。芙蓉：此处比喻美人。
2　经年：若干年。
3　红埃：指飞扬的尘土。

## 寄微之三首（其二）[1]

君游襄阳日[2]，我在长安住。
今君在通州[3]，我过襄阳去。
襄阳九里郭，楼雉连云树[4]。
顾此稍依依[5]，是君旧游处。
苍茫蒹葭水[6]，中有浔阳路[7]。
此去更相思，江西少亲故。

　　友情有时也像爱情，缠绵悱恻，令人神伤。想当年你路过襄阳时，我在长安思念你；如今你到了通州，我又路过襄阳，仍旧思念你。襄阳的风景如此让人不舍，是因为这里的一山一水保留着你游赏的身影。我不忍离去，因为襄阳至少有你经过的痕迹，到了江西我又将无亲无友，孑然一身了。全诗巧妙地嵌镶了很多地名，以空间上的腾挪表现感情的绵长；"顾此稍依依"句，字字平实却真挚感人；后四句则将时间延长、空间扩大，再次道出对友人的思念将连绵不绝。

1　微之：见《赠元稹》注。
2　襄阳：今湖北襄阳。
3　通州：今四川达州。

4　楼雉(zhì):城楼和垛口。

5　依依:不舍的样子。

6　蒹葭(jiān jiā):芦苇,此处用《诗经·蒹葭》篇意。

7　浔阳:今江西九江。

## 夜闻歌者 宿鄂州[1]

夜泊鹦鹉洲[2]，秋江月澄澈。
邻船有歌者，发调堪愁绝。
歌罢继以泣，泣声通复咽。
寻声见其人，有妇颜如雪。
独倚帆樯立[3]，娉婷十七八[4]。
夜泪似真珠，双双堕明月[5]。
借问谁家妇，歌泣何凄切？
一问一霑襟[6]，低眉终不说。

不知是怎样的苦痛，让皓月当空、秋江如洗的夜晚冲淡不了"你"的哀伤？不知是怎样的忧愁，让本当年轻欢快的"你"在江船上不停地哭泣？不知是怎样的哀戚，让"你"人后哀歌痛哭，人前却无语啜泣？直到最后，"你"未道出，诗人也未言及，就这样留了白。也许正是这留白，让此诗的"你"与众不同，即便是与《琵琶行》里那个尽情叙说的琵琶女相比也毫不逊色，"你"的无语凝噎更令人心痛和忧伤吧。末句"终不说"，的为妙结。

1　鄂州：今湖北武昌。

2　鹦鹉洲:在今湖北武汉西南,因东汉末祢衡在此作《鹦鹉赋》而得名。

3　樯(qiáng):桅杆。

4　娉婷(pīng tíng):形容女子姿态美好。

5　明月:比喻泪珠。

6　霑(zhān):同"沾"。

# 江楼闻砧　江州作[1]

江人授衣晚[2]，十月始闻砧[3]。
一夕高楼月，万里故园心。

杜审言有诗云："独有宦游人，偏惊物候新。"（《和晋陵陆丞早春游望》）的确，寄居他乡的人，即便当地季节风物稍有变化，都会无端地勾起思乡之情。江州的冬天比故乡来得稍晚一些，每年家中九月就已备好冬衣了，这里到了十月才开始听到捣衣的声音。这一点细微的不同，让远离故乡的诗人一夜未眠。在高楼上，他坐拥一晚的月色，心却不知何时飞到了万里之外的故乡，以及故乡那些心心念念的亲人、朋友身边。首二句用意新奇，末二句以名词对作结，牵出绵远的乡愁。

1　江州：今江西九江。
2　授衣：制备寒衣。古时以九月为授衣之时。
3　砧（zhēn）：捣衣声。

# 夜　雪

已讶衾枕冷[1]，复见窗户明。
夜深知雪重，时闻折竹声。

　　此诗只是从诗人感官出发，简单平实地侧面叙说了夜雪的细腻与绵长：枕席和被子的湿冷，道出下雪已多时；突然又觉得窗户亮了起来，写出之前雪下得细密，现在积雪已深；夜晚万籁俱寂，独独听到竹子断裂的声音，预示雪仍旧在稀稀落落地下着。"冷"为感觉，"明"为视觉，"重"为知觉，"声"为听觉，短短四句，不知所起又不知所终的"夜雪"便跃然纸上，韵味悠长。

　　1　衾（qīn）：被子。

# 寄行简 [1]

郁郁眉多敛[2]，默默口寡言。
岂是愿如此，举目谁与欢？
去春尔西征，从事巴蜀间。
今春我南谪，抱疾江海壖[3]。
相去六千里，地绝天邈然。
十书九不达，何以开忧颜？
渴人多梦饮，饥人多梦飧[4]。
春来梦何处，合眼到东川[5]。

　　首句寥寥数字，愁眉寡言的诗人形象便跃然纸上，他为何如此苦闷？原来在贬所没有知音相赏，更没有兄弟同欢。而后诗人采用了倒叙手法，描述了与远方胞弟的别离和思念。"十书九不达"句，既点出了二人相距遥远，又侧面烘托了诗人无时无刻想要了解到胞弟消息的渴望；后四句用俗语作比，点出了诗人对胞弟的深切思念，甚至到了一合眼就奔赴东川相聚的程度，直是绵邈深情。宋人黄庭坚曾将此诗后八句一截为二，改为《谪居黔南十首》中的二首绝句，以表思乡之情。

1　行简：白居易之弟，元和九年（814）入东川节度使卢坦幕。

2　郁郁：郁闷，不高兴。

3　壖（ruán）：河边地，此处指诗人贬所江州。

4　飧（cān）：同"餐"。

5　东川：益州东部，治所在梓州（今四川三台）。

# 送客回晚兴

城上云雾开，沙头风浪定。
参差乱山出，淡泞平江净[1]。
行客舟已远，居人酒初醒。
袅袅秋竹梢，巴蝉声似磬[2]。

——

"执手相看泪眼,竟无语凝噎"（柳永《雨霖铃》），是离别的忧伤;"无为在歧路,儿女共沾巾"（王勃《送杜少府之任蜀州》），是离别的宽慰;"袅袅秋竹梢,巴蝉声似磬"，则是离别久久不散的愁苦。转眼一派秋江,行人已经远走,诗人仍旧凝望。此诗寓情于景,逐层写出江城风景,云雾渐开,风浪已定,乱山淡水。然而静谧中涌动着暗流,这暗流便是离别的愁怨。第三联本已将主题拉回到送别,尾联却又宕开笔调,写及簌簌作响的秋竹,哀哀切切的巴蝉,未提一笔愁情,却愁情绕梁,不绝于耳,大有"篇终接浑茫"（杜甫《寄彭州高三十五使君适虢州岑二十七长史参三十韵》）的境界。


——

1　淡泞(dàn nìng)：形容水流动的样子。
2　磬(qìng)：古代一种石制的打击乐器。

## 江南遇天宝乐叟[1]

白头病叟泣且言，禄山未乱入梨园[2]。
能弹琵琶和法曲[3]，多在华清随至尊[4]。
是时天下太平久，年年十月坐朝元[5]。
千官起居环佩合，万国会同车马奔。
金钿照耀石瓮寺[6]，兰麝熏煮温汤源[7]。
贵妃宛转侍君侧[8]，体弱不胜珠翠繁。
冬雪飘飖锦袍暖，春风荡漾霓裳翻。
欢娱未足燕寇至[9]，弓劲马肥胡语喧。
豳土人迁避夷狄[10]，鼎湖龙去哭轩辕[11]。
从此漂沦到南土，万人死尽一身存。
秋风江上浪无限，暮雨舟中酒一樽。
涸鱼久失风波势，枯草曾沾雨露恩。
我自秦来君莫问[12]，骊山渭水如荒村[13]。
新丰树老笼明月[14]，长生殿暗锁黄昏[15]。
红叶纷纷盖欹瓦[16]，绿苔重重封坏垣。
唯有中官作宫使[17]，每年寒食一开门[18]。

———— 　繁华尽处总是空。昔日盛世，歌舞升平；今朝沦落，风
雨飘摇。对这个哭泣的江南乐叟来说，让美好转为悲戚的事

件就是安史之乱,故此诗一开始就说"禄山未乱入梨园"。诗人并未发表议论,通篇叙述乐叟与自己的对话:首句至"枯草曾沾雨露恩",为乐叟讲述天宝旧事和乱后飘零;后八句,则是诗人向乐叟叙说骊山乱后衰败零落的景象。如果说乐叟讲的是历史巨变中的个人变化,那么诗人补充的便是整个社会的巨大变迁。俯仰今昔,何止乐叟,整个社会都从繁盛转为衰落,满目疮痍,牵出无限悲伤。"从此漂沦到南土"下四句,写出了乐叟漂泊无定又寂寞孤独的生活状态,一股凄怆悲凉之感不禁涌上心头。最后两句看似与主题无关,但恰恰写出了这种社会巨变仍在年复一年地延续着,看不出什么前途,实为妙笔。此诗与杜甫《江南逢李龟年》题材相同,命意也相近。

1　天宝:见《新丰折臂翁》注。乐叟:老乐师。

2　禄山:见《新丰折臂翁》注。梨园:唐玄宗设立的音乐机构。

3　和:和奏,协奏。法曲:一种古代乐曲。隋唐时,外来音乐与清商乐结合,逐渐形成法曲。

4　华清:华清宫,在今陕西临潼骊山北麓,中有华清池。

5　朝元:华清宫朝元阁。

6　金钿:一种镶嵌金花宝石的头饰。石瓮(wèng)寺:在骊山石瓮谷中。

7  兰麝：香料。温汤源：指华清宫九龙池上游。

8  贵妃：杨玉环，见《上阳白发人》注。

9  燕寇：指安禄山。范阳、平卢二镇皆为古燕国属地，故称其为燕寇。

10  豳土人：代指唐玄宗。豳（bīn），在今陕西旬邑、彬州一带。夷狄：古时汉族对边疆少数民族的称谓。

11  鼎湖：在今河南灵宝。相传黄帝轩辕氏曾在此铸鼎，鼎成后乘龙飞天。

12  秦：周时诸侯国名，后用来代指今陕西、甘肃一带。

13  渭水：黄河支流。

14  新丰：见《新丰折臂翁》注。

15  长生殿：在华清宫，又称七圣殿。

16  敧（qī）瓦：倾斜的屋上瓦片。

17  中官：宦官。宫使：此处指朝廷派遣主管华清宫的官员。

18  寒食：寒食节。此日，须禁烟火，吃冷食。汉制，寒食节宫中钻新火燃烛以分给贵戚之家。

## 真娘墓　墓在虎丘寺[1]

真娘墓，虎丘道。
不识真娘镜中面，唯见真娘墓头草。
霜摧桃李风折莲，真娘死时犹少年。
脂肤蒉手不牢固[2]，世间尤物难留连[3]。
难留连，易销歇，塞北花，江南雪。

桃李易折，红颜易老，世间事莫过于此。诗人与真娘虽未谋面，却可想见其少年风姿。此诗围绕美质难久的主题，抒发了对真娘美貌的赞赏和珍惜，对少年亡去的同情，对美好事物容易消逝的感伤。诗人不正面切题，而是从真娘墓的凭吊入手，广用譬喻：用桃李、莲荷形容美人风姿；用霜催桃李、风折莲荷来比喻美人逝去；用塞北花、江南雪比喻美人生命的短暂。且长短句错杂运用，任感情自然流淌，更增加了全诗的生动性。"脂肤蒉手不牢固，世间尤物难留连"二句虽为正面议论，但仍不直议美好事物的脆弱，而说美人肌肤手臂的不牢固，再从不牢固说到易消歇，回环往复，不着痕迹。

1　真娘：唐时苏州名妓，死后葬在虎丘寺前。来往行人多慕其华丽，竞相作诗题于墓树。虎丘寺：在今江苏苏州阊门外的虎丘山上。据说吴王阖闾葬在虎丘山。

2　脂肤荑(tí)手:出自《诗经·卫风·硕人》"手如柔荑,肤如凝脂"。荑,茅草的嫩芽。

3　尤物:珍贵之物,多指美人。

# 长恨歌

汉皇重色思倾国[1]，御宇多年求不得[2]。
杨家有女初长成[3]，养在深闺人未识。
天生丽质难自弃，一朝选在君王侧。
回眸一笑百媚生[4]，六宫粉黛无颜色[5]。
春寒赐浴华清池[6]，温泉水滑洗凝脂[7]。
侍儿扶起娇无力，始是新承恩泽时。
云鬓花颜金步摇[8]，芙蓉帐暖度春宵[9]。
春宵苦短日高起，从此君王不早朝。
承欢侍宴无闲暇，春从春游夜专夜。
后宫佳丽三千人，三千宠爱在一身。
金屋妆成娇侍夜[10]，玉楼宴罢醉和春。
姊妹弟兄皆列土[11]，可怜光彩生门户[12]。
遂令天下父母心，不重生男重生女。
骊宫高处入青云[13]，仙乐风飘处处闻。
缓歌慢舞凝丝竹[14]，尽日君王看不足。
渔阳鼙鼓动地来[15]，惊破《霓裳羽衣曲》[16]。
九重城阙烟尘生[17]，千乘万骑西南行。
翠华摇摇行复止[18]，西出都门百余里。
六军不发无奈何[19]，宛转娥眉马前死[20]。

花钿委地无人收[21]，翠翘金雀玉搔头[22]。
君王掩面救不得，回看血泪相和流。
黄埃散漫风萧索，云栈萦纡登剑阁[23]。
峨嵋山下少人行[24]，旌旗无光日色薄。
蜀江水碧蜀山青，圣主朝朝暮暮情[25]。
行宫见月伤心色[26]，夜雨闻铃肠断声。
天旋日转回龙驭，到此踌躇不能去。
马嵬坡下泥土中[27]，不见玉颜空死处。
君臣相顾尽沾衣，东望都门信马归。
归来池苑皆依旧，太液芙蓉未央柳[28]。
芙蓉如面柳如眉，对此如何不泪垂。
春风桃李花开夜，秋雨梧桐叶落时。
西宫南苑多秋草[29]，宫叶满阶红不扫。
梨园弟子白发新[30]，椒房阿监青娥老[31]。
夕殿萤飞思悄然，孤灯挑尽未成眠。
迟迟钟鼓初长夜，耿耿星河欲曙天。
鸳鸯瓦冷霜华重[32]，翡翠衾寒谁与共[33]？
悠悠生死别经年[34]，魂魄不曾来入梦。
临邛道士鸿都客[35]，能以精诚致魂魄。
为感君王辗转思，遂教方士殷勤觅。
排空驭气奔如电，升天入地求之遍。

上穷碧落下黄泉<sup>36</sup>，两处茫茫皆不见。
忽闻海上有仙山<sup>37</sup>，山在虚无缥缈间。
楼阁玲珑五云起，其中绰约多仙子<sup>38</sup>。
中有一人字太真，雪肤花貌参差是。
金阙西厢叩玉扃<sup>39</sup>，转教小玉报双成<sup>40</sup>。
闻道汉家天子使，九华帐里梦魂惊<sup>41</sup>。
揽衣推枕起徘徊，珠箔银屏迤逦开<sup>42</sup>。
云鬓半偏新睡觉，花冠不整下堂来。
风吹仙袂飘飘举<sup>43</sup>，犹似《霓裳羽衣舞》。
玉容寂寞泪阑干<sup>44</sup>，梨花一枝春带雨。
含情凝睇谢君王，一别音容两眇茫。
昭阳殿里恩爱绝<sup>45</sup>，蓬莱宫中日月长<sup>46</sup>。
回头下望人寰处<sup>47</sup>，不见长安见尘雾。
唯将旧物表深情，钿合金钗寄将去<sup>48</sup>。
钗留一股合一扇，钗擘黄金合分钿<sup>49</sup>。
但令心似金钿坚，天上人间会相见。
临别殷勤重寄词，词中有誓两心知。
七月七日长生殿<sup>50</sup>，夜半无人私语时。
在天愿作比翼鸟<sup>51</sup>，在地愿为连理枝<sup>52</sup>。
天长地久有时尽，此恨绵绵无绝期。

——　杨贵妃和唐玄宗本以为会朝朝暮暮,相爱相守,却忽生变故,安史之乱爆发,杨贵妃被赐死,唐玄宗逃往蜀地。只是那份深情无以为继,唐玄宗大概也会有"如何四纪为天子,不及卢家有莫愁"(李商隐《马嵬》)的悲叹,但更多的应该是越来越深的思念:蜀地风光无限,他却伤心断肠;回宫途中,马嵬坡边迟迟不去;宫中春花秋月,却满处都是她的影子;希望到梦中相见,她的魂魄却从未出现。好不容易在仙境中相见,简短叮咛后又要分别,爱情的誓词虽言犹在耳,可是"此恨绵绵无绝期"。

此诗围绕"长恨"二字,描写了唐明皇和杨贵妃的爱情悲剧,将叙事、写景和抒情结合一起,以精练的语言、优美的形象和婉转曲折的结构,层层深入,逐渐触及到那份感天动地的真情。诗人从"汉皇重色思倾国"说起,看似娓娓道来,却辗转腾挪,回环往复:从喜剧写到悲剧;从悲剧写到思念;从思念写到想见;从想见写到不得见;从不得见写到相见;再从相见写到分别;从分别写到回忆;从回忆又写回思念。

至于此诗的主旨,有爱情说、感伤说、政治隐喻说等诸多说法。"重色""不早朝""夜专夜""姊妹弟兄皆列土""遂令天下父母心,不重生男重生女"等,确有讽刺之意。陈鸿在《长恨歌传》中更称:"乐天因为《长恨歌》。意者不但感其事,亦欲惩尤物,窒乱阶,垂于将来者也。"或许政治讽喻说比较可信。

1　汉皇:此处代指唐玄宗。倾国:出自汉李延年诗,指倾国之美色。

2　御宇:统治天下。

3　杨家有女:指杨玉环,见《上阳白发人》注。

4　回眸(móu):回首顾盼。

5　六宫:原指皇后居所,后泛指后妃。粉黛:代指女子。

6　华清池:华清宫温泉,在今陕西临潼骊山北麓。

7　凝脂:形容女子肌肤润泽。

8　云鬓(bìn):形容女子鬓发如云。步摇:一种头饰,上有垂珠,行步则摇。

9　芙蓉帐:形容帷帐的精美。

10　金屋:据载,汉武帝年少时曾说:"若得阿娇作妇,当作金屋贮之也。"

11　列土:分封土地。

12　可怜:让人羡慕。

13　骊(lí)宫:骊山华清宫。

14　丝竹:泛指乐器。

15　渔阳:蓟州渔阳郡,在今天津蓟州区。史载,安禄山以节度渔阳的范阳节度使反。鼙(pí)鼓：古代军队中用的小鼓。

16　《霓裳羽衣曲》：唐舞曲，由唐玄宗改编。

17　九重城阙：指皇宫。

18　翠华：以翠羽为饰的旗帜或车盖，此处代指天子仪仗。

19　六军：指天子军队。史载，护送唐玄宗入蜀避难时，诸军在马嵬坡处停止前行，请玄宗诛杀杨国忠及杨贵妃，贵妃自缢而亡。

20　娥眉：同"蛾眉"，指美女。

21　花钿(diàn)：有精美花纹的首饰。

22　翠翘、金雀、玉搔头：古代女子头饰。

23　云栈：形容蜀地险峻的栈道。萦纡：盘旋纡回。剑阁：古称剑门、剑州，在今四川剑阁。

24　峨嵋山：在今四川峨眉山市境。

25　圣主：对当代皇帝的尊称。

26　行宫：古代帝王出行时居住的临时宫殿。

27　马嵬坡：即马嵬驿，因晋将马嵬在此筑城而得名，在今陕西兴平西。

28　太液：太液池，在大明宫内。未央：宫殿名。

29　西宫：太极宫，又称西内。南苑：兴庆宫，又称南内。

30　梨园弟子：梨园时有"坐部伎子弟三百"及宫女数百，号皇帝梨园弟子。

31　椒房：汉时为皇后宫殿，因以椒和泥涂墙而得名。阿监：宫中女官。

32　鸳鸯瓦：成对的瓦，一俯一仰，类似鸳鸯，故称鸳鸯瓦。

33　翡翠衾：形容被子贵重华丽。

34　经年：多年。

35　临邛(qióng)：剑南道邛州临邛县，今四川邛崃。鸿都：东汉鸿都门，唐朝用以指代长安。

36　碧落：道家称东方第一层天为碧落，后泛指天上。黄泉：地下。

37　海上有仙山：相传渤海中有三神山，即蓬莱、方丈、瀛洲。

38　绰约(chuò yuē)：形容女子姿态柔美。

39　金阙：相传道家仙所上清宫门内有两阙，左为金阙，右为玉阙。玉扃：玉门，即玉阙。

40　小玉：吴王夫差之女。双成：相传为仙女。

41　九华帐：比喻帷帐之精美。

42　珠箔：珠帘。逦迤(lǐ yǐ)：绵延。

43　飘飖：即飘摇。

44　阑干：形容泪流纵横的样子。

45　昭阳殿：汉宫殿名，成帝皇后赵飞燕曾居住。此处泛指宫殿。

46　蓬莱宫：即海上仙山之蓬莱。

47　人寰：人间。

48　钿合：宝钿镶嵌之盒。

49　擘：剖开。

50　长生殿：在华清宫，最初为供奉自高祖李渊至睿宗李旦以及太上玄元皇帝李耳之所，又称七圣殿。

51　比翼鸟：鸟名，一目一翼，雌雄并翼飞行，常用来比喻恩爱夫妻。

52　连理枝：指两棵树的枝干合生在一起，常用来比喻夫妻恩爱。

# 琵琶引 [1] 并序

　　元和十年，予左迁九江郡司马 [2]。明年秋，送客湓浦口 [3]，闻舟船中夜弹琵琶者。听其音，铮铮然有京都声 [4]。问其人，本长安倡女 [5]，尝学琵琶于穆、曹二善才 [6]。年长色衰，委身为贾人妇 [7]。遂命酒，使快弹数曲。曲罢悯默，自叙少小时欢乐事，今漂沦憔悴，转徙于江湖间。予出官二年，恬然自安。感斯人言，是夕始觉有迁谪意。因为长句歌以赠之。凡六百一十六言，命曰《琵琶行》。

浔阳江头夜送客 [8]，枫叶荻花秋索索 [9]。
主人下马客在船，举酒欲饮无管弦。
醉不成欢惨将别，别时茫茫江浸月。
忽闻水上琵琶声，主人忘归客不发。
寻声暗问弹者谁？琵琶声停欲语迟。
移船相近邀相见，添酒回灯重开宴。
千呼万唤始出来，犹把琵琶半遮面。
转轴拨弦三两声，未成曲调先有情。
弦弦掩抑声声思 [10]，似诉平生不得意。
低眉信手续续弹，说尽心中无限事。
轻拢慢捻抹复挑 [11]，
初为《霓裳》后《绿腰》 [12]。

大弦嘈嘈如急雨，小弦切切如私语。

嘈嘈切切错杂弹，大珠小珠落玉盘。

间关莺语花底滑[13]，幽咽泉流冰下难[14]。

冰泉冷涩弦凝绝，凝绝不通声暂歇。

别有幽愁暗恨生，此时无声胜有声。

银瓶乍破水浆迸，铁骑突出刀枪鸣。

曲终收拨当心画，四弦一声如裂帛。

东舟西舫悄无言[15]，唯见江心秋月白。

沉吟放拨插弦中，整顿衣裳起敛容[16]。

自言本是京城女，家在虾蟆陵下住[17]。

十三学得琵琶成，名属教坊第一部[18]。

曲罢曾教善才伏，妆成每被秋娘妒[19]。

五陵年少争缠头[20]，一曲红绡不知数。

钿头云篦击节碎[21]，血色罗裙翻酒污。

今年欢笑复明年，秋月春风等闲度。

弟走从军阿姨死，暮去朝来颜色故。

门前冷落鞍马稀，老大嫁作商人妇。

商人重利轻别离，前月浮梁买茶去[22]。

去来江口守空船[23]，绕船明月江水寒。

夜深忽梦少年事，梦啼妆泪红阑干[24]。

我闻琵琶已叹息，又闻此语重唧唧[25]。

同是天涯沦落人，相逢何必曾相识？
我从去年辞帝京，谪居卧病浔阳城。
浔阳小处无音乐，终岁不闻丝竹声[26]。
住近湓江地低湿，黄芦苦竹绕宅生。
其间旦暮闻何物，杜鹃啼哭猿哀鸣。
春江花朝秋月夜，往往取酒还独倾。
岂无山歌与村笛？呕哑嘲哳难为听[27]。
今夜闻君琵琶语，如听仙乐耳暂明。
莫辞更坐弹一曲，为君翻作《琵琶行》[28]。
感我此言良久立，却坐促弦弦转急。
凄凄不似向前声，满座重闻皆掩泣。
就中泣下谁最多？江州司马青衫湿[29]。

---

赏花观鸟，杜甫有"感时花溅泪，恨别鸟惊心"（《春望》）之叹；对树自省，桓温有"树犹如此，人何以堪"（刘义庆《世说新语》）之慨。或移情入物，或因人状物，皆有所会心焉。一篇诗文、一首歌曲，因会于心，有时不免会抑郁伤怀。此诗便是诗人听琵琶曲，而引发身世之悲的作品。

诗人贬谪江州，心已悲至；今又送客，悲更甚焉。忽闻江上琵琶，哀切动人；又闻琵琶女年少风光、年老色衰飘零江湖之事，想到自己出仕不遇，遭逢贬谪，已悲不自胜。再闻琵琶女更悲戚之曲,已经哭湿衣衫。起句从容,却层层累加,牵出最后一哭,写尽诗人和琵琶女"天涯沦落"之悲,正是诗人善于敷衍的诗法。诗中对琵琶曲的描写,曲尽其妙,惊绝古今:或写琵琶之专业手法;或拟琵琶激昂凄美之声;或叙琵琶所牵出的想象;或述琵琶曲斗转腾挪的跌宕。全诗叙事和描写相结合,长安倡女详昔略今、诗人详今略昔的叙事各自留了白,并以琵琶曲声来填补,将长安倡女与古代文人不幸遭遇的相似之处,巧妙无间地表现出来,哀情顿挫,直令古今同悲。无怪有"童子解吟《长恨》曲,胡儿能唱《琵琶》篇"(唐宣宗李忱《吊白居易》)之说。

在手法上,此诗将"辞藻点缀"与"连转带煞"(借用《红楼梦》七十八回语)的手法结合在一起,在铺陈的基础上不断锤炼出警句。如"千呼万唤始出来,犹把(一作抱)琵琶半遮面""嘈嘈切切错杂弹,大珠小珠落玉盘""别有幽愁暗恨生,此时无声胜有声""同是天涯沦落人,相逢何必曾相识"等,都是这种手法的典型例证,成为千古传诵的名句。

洪迈曾说,《琵琶行》所叙之事未必真实,无非是作者为解心中块垒的虚构之作。不论此诗是否有所本,但"解心中块垒"的主旨,的为确论。

─── 1 引:与"行"同为乐曲名称,后用为诗体名称。

2　左迁:贬谪。九江郡:即江州,今江西九江。

3　湓(pén)浦:湓水,今名龙开河,经九江北入长江。

4　铮(zhēng)铮然:指嘈嘈作响。

5　倡(chāng)女:歌舞伎。

6　穆、曹二善才:当时著名的琵琶艺人。善才,唐代乐师的通称。

7　贾人:商人。

8　浔阳:长江流经九江的那一段。

9　索索:风吹草木的声音。

10　掩抑:形容音乐起伏低昂。

11　拢、捻、抹、挑:皆为弹奏琵琶的指法。

12　《霓裳》:即《霓裳羽衣曲》,见《长恨歌》注。《绿腰》:唐舞曲,又名《六幺》。

13　间关:形容婉转的鸟鸣声。

14　幽咽:水流声。

15　舫(fǎng):船。

16　敛容:使神情庄重、严肃。

17　虾蟆陵:在长安万年县南,唐时歌楼酒馆多集中于此。

18　教坊:唐朝设置的教习音乐的机构。

19　秋娘:当时长安名伎。

20　五陵:汉代长陵、安陵、阳陵、茂陵、平陵等五座帝陵之所,后有豪贵徙居于此。唐时多以五陵年少为贵公子代称。缠头:本是在头上做装饰的锦帛,后指代赠歌舞者的礼物。

21 钿头云篦(bì):代指精美发饰。篦,篦子,用以梳头和装饰。

22 浮梁:今属江西,唐时为茶叶的重要产地。

23 去来:离去。

24 阑干:见《长恨歌》注。

25 唧唧:叹息声。

26 丝竹:代指乐器。

27 呕哑:形容声音沙哑。嘲哳(zhāo zhā):形容声音杂乱。

28 翻:作曲或为旧曲填词。

29 青衫:唐制,文官八品、九品服青衫。

# 花非花

花非花，雾非雾。
夜半来，天明去。
来如春梦几多时？去似朝云无觅处[1]。

───
　　此诗通篇比喻，却一直未点破谜底：到底这非花非雾，夜来晨去，像春梦、朝云一样缥缈的是什么呢？有人说是悼亡逝者，有人说是"为妓女而作"，任人遐想。后二句拟物，将那种飘忽不定的感觉描写得真切可感。周邦彦的"人如风后入江云，情似雨余黏地絮"（《玉楼春》），用同法。

───
　　1　朝云：变幻莫测的云气，出自宋玉《高唐赋》。相传楚王曾游高唐，遇巫山神女。离别时，巫山神女辞曰："妾在巫山之阳，高丘之岨。旦为朝云，暮为行雨。朝朝暮暮，阳台之下。"

## 代书诗一百韵寄微之[1]

忆在贞元岁，初登典校司[2]。
身名同日授，心事一言知。

贞元中，与微之同登科第，俱授秘书省校书郎，始相识也。

肺腑都无隔，形骸两不羁。
疏狂属年少，闲散为官卑。
分定金兰契[3]，言通药石规[4]。
交贤方汲汲，友直每偲偲[5]。
有月多同赏，无杯不共持。
秋风拂琴匣，夜雪卷书帷。
高上慈恩塔[6]，幽寻皇子陂[7]。
唐昌玉蕊会[8]，崇敬牡丹期[9]。

唐昌观玉蕊，崇敬寺牡丹，花时多与微之有期。

笑劝迂辛酒[10]，闲吟短李诗[11]。

辛大丘度，性迂嗜酒。李二十绅，形短能诗，故当时有迂辛短李之号。

儒风爱敦质[12]，佛理尚玄师[13]。

刘三十二敦质，雅有儒风。庚七玄师，谈佛理，有可赏者。

度日曾无闷，通宵靡不为。

双声联律句[14]，八面对宫棋[15]。

双声联句，八面宫棋，皆当时事。

往往游三省[16]，腾腾出九逵[17]。

寒销直城路[18]，春到曲江池[19]。

树暖枝条弱，山晴彩翠奇。

峰攒石绿点[20]，柳宛曲尘丝[21]。

岸草烟铺地，园花雪压枝。

早光红照耀，新溜碧逶迤。

幄幕侵堤布[22]，盘筵占地施。

征伶皆绝艺，选妓悉名姬。

铅黛凝春态，金钿耀水嬉。

风流夸坠髻[23]，时世斗啼眉[24]。

贞元末，城中复为坠马髻、啼眉妆也。

密坐随欢促，华樽逐胜移。

香飘歌袂动，翠落舞钗遗。

筹插红螺碗[25]，觥飞白玉卮[26]。

打嫌《调笑》易[27]，饮讶《卷波》迟[28]。

抛打曲有《调笑》，饮酒有《卷白波》。

残席喧哗散，归鞍酩酊骑。

酡颜乌帽侧，醉袖玉鞭垂。

紫陌传钟鼓，红尘塞路歧。

几时曾暂别，何处不相随？

荏苒星霜换[29]，回环节候推。

两衙多请假[30]，三考欲成资[31]。

运偶千年圣[32]，天成万物宜[33]。

皆当少壮日，同惜盛明时。

光景嗟虚掷，云霄窃暗窥。

攻文朝矻矻[34]，讲学夜孜孜。

策目穿如札[35]，时与微之结集策略之目，其
数至百十。

毫锋锐若锥。时与微之各有纤锋细管笔，携
以就试，相顾辄笑，目为毫锥。

繁张获鸟网，坚守钓鱼坻[36]。
谓自冬至夏，频改试期，竟与微之坚待制试也。

并受夔龙荐[37]，齐陈晁董词[38]。

万言经济略，三道太平基[39]。

中第争无敌，专场战不疲[40]。

辅车排胜阵[41]，掎角搴降旗[42]。
并谓同铺席、共笔砚。

双阙纷容卫[43]，千僚俨等衰[44]。
谓制举人欲唱第之时也。

恩随紫泥降[45]，名向白麻披[46]。

既在高科选，还从好爵縻[47]。

东垣君谏诤[48]，西邑我驱驰。

元和元年，同登制科。微之拜拾遗，予授盩厔尉。

再喜登乌府[49]，多惭侍赤墀[50]。

四年，微之复拜监察，予为拾遗、学士也。

官班分内外，游处遂参差。

每列鹓鸾序[51]，偏瞻獬豸姿[52]。

简威霜凛冽，衣彩绣葳蕤[53]。

正色摧强御[54]，刚肠嫉喔咿[55]。

常憎持禄位[56]，不拟保妻儿。

养勇期除恶，输忠在灭私。

下韝惊燕雀[57]，当道慑狐狸[58]。

南国人无怨，东台吏不欺[59]。

微之使东川，奏冤八十余家，诏从而平之，因分司东都。

理冤多定国[60]，切谏甚辛毗[61]。

造次行于是[62]，平生志在兹[63]。

道将心共直，言与行兼危。

水暗波翻覆，山藏路险巇[64]。

未为明主识，已被幸臣疑。

木秀遭风折[65]，兰芳遇霰萎[66]。

千钧势易压，一柱力难支。

腾口因成痏[67]，吹毛遂得疵[68]。

忧来吟贝锦[69]，谪去咏江蓠[70]。

邂逅尘中遇，殷勤马上辞。

贾生离魏阙[71]，王粲向荆夷[72]。

水过清源寺[73]，山经绮季祠[74]。

心摇汉皋佩[75]，泪堕岘亭碑[76]。

并途中所经历者也。

驿路缘云际，城楼枕水湄[77]。

思乡多绕泽，望阙独登陴[78]。

林晚青萧索，江平绿渺弥。

野秋鸣蟋蟀，沙冷聚鸬鹚。

官舍黄茅屋，人家苦竹篱。

白醪充夜酌[79]，红粟备晨炊。

寡鹤催风翮，鳏鱼失水鬐[80]。

暗雏啼渴旦[81]，凉叶坠相思。

此四句兼含微之鳏居之思。

一点寒灯灭，三声晓角吹。

蓝衫经雨故，骢马卧霜羸[82]。

念涸谁濡沫[83]，嫌醒自啜醨[84]。

耳垂无伯乐[85]，舌在有张仪[86]。

负气冲星剑[87]，倾心向日葵[88]。

金言自销铄[89]，玉性肯磷缁[90]？

伸屈须看蠖[91]，穷通莫问龟[92]。

定知身是患，当用道为医。

想子今如彼，嗟予独在斯。

无憀当岁杪[93]，有梦到天涯。

坐阻连襟带，行乖接履綦[94]。

润销衣上雾，香散室中芝。

念远缘迁贬，惊时为别离。

素书三往复[95]，明月七盈亏。

自与微之别经七月，三度得书。

旧里非难到，余欢不可追。

树依兴善老[96]，草傍静安衰[97]。

微之宅在静安坊西，近兴善寺。

前事思如昨，中怀写向谁？

北村寻古柏，南宅访辛夷。

开元观西北院[98]，即隋时龙村佛堂，有古柏一株，至今存焉。微之宅中有辛夷两树，常此与微之游息其下。

此日空搔首，何人共解颐？

病多知夜永，年长觉秋悲。

不饮长如醉，加餐亦似饥。

狂吟一千字，因使寄微之。

　　诗书往来，例为佳话。此诗直言《代书诗》，既是寄给元稹的书信，又是一首排律长诗。诗中步步为营，逐层铺叙，叙述了二人订交、并游、应试与为官，并着重描述了元稹被诬遭贬的经历，抒发了诗人对友人遭遇的同情、愤懑与担心，以及绵绵的思念。

　　此诗结构并不复杂，大体可分为三部分：首句至"平生志在兹"，追述二人交谊；"道将心共直"至"当用道为医"，写元稹仕途不顺和逝妻之痛；"想子今如彼"以下，为诗人自谓，抒发自己对元稹的思念和担忧。这种安排虽看似简单，却充满深情。叙交谊，"心事一言知"仅一句便切中肯綮，勾勒出二人心有灵犀式的交谊，被古人赞其为"千古神交，在此一语"。而"几时曾暂别，何处不相随"，真实地写出少年遇知音的如影随形与相亲相爱，直是白诗声口。"中第争无敌"又充满了昂扬向上的意气，正是少年风采。叙元稹，言及"一点寒灯灭，三声晓角吹"，一种悲凉萧瑟的气息呼之欲出。"念涸谁濡沫，嫌醒自啜醨"，更是入心之语，仿佛诗人感同身受，体会到朋友丧妻的那种痛彻心扉的伤痛。抒己情，"病多知夜永"

下四句，写足诗人因思念而心绪不宁，惶惶终日，甚至不敢饮酒加餐，二人友情之深刻、诗人想念之殷切被淋漓尽致地表现出来。

　　白居易将思念友人之意，敷衍千言，对仗工整，辞采精美，用典丰赡。这与歌行体长诗如《长恨歌》《琵琶行》几乎不用典明显不同，符合排律体制的要求。全诗细致入微，又华赡有致，行至终篇，仿佛仍有余力。诗或许无关书也，或许无关理也，但没有渊博的学识和充裕的辞采也是很难敷衍长篇，不能一概抹杀以学问为诗者。然而，正如清纪昀《删正二冯评阅〈才调集〉》所说："此种只备诗家一体，无烦专意为之。"

1　微之：见《赠元稹》注。元和元年（806）与白居易同登制科，对策第一，拜左拾遗。出为河南尉。元和四年（809）拜监察御史，五年贬江陵（今属湖北）士曹参军。

2　典校司：指秘书省。贞元十九年（803）元稹、白居易登吏部科第，授秘书省校书郎。

3　分（fèn）：情分。金兰契：形容友情深厚、相交契合。

4　药石：药剂和砭石，泛指药物。此处用来比喻规劝之言。

5　友直：出自《论语·季氏》，指与正直的人交朋友。偲（sī）偲：相互勉励，相互督促，出自《论语·子路》"朋友切切偲偲"。

6　慈恩塔：又名大雁塔，在今陕西西安东南慈恩寺内。唐时进士题名于此。

7 皇子陂(bēi)：即永安坡,在长安万年县南。

8 唐昌：唐昌观,在长安安业坊南,因唐玄宗女唐昌公主而得名。观中有玉蕊花,相传为公主亲手种植。

9 崇敬：崇敬寺,在长安靖安坊。

10 迁辛：辛丘度,与元稹、白居易为同年科第。

11 短李：李绅,字公垂,排行第二十,元稹、白居易的诗友。因个子矮小,故称。

12 敦质：刘敦质,字太白,刘知幾的曾孙。

13 玄师：庾玄师。

14 双声：即双声、叠韵。音韵学中将声母相同的两字称为双声,韵母相同的两字称为叠韵。诗词创作中多用此造成声律上和谐婉转的效果。

15 宫棋：亦名逼棋,古代棋艺的一种。它常以黑白棋子杂布局中,各认一子为标,左右巡拾,以所得多少为胜负。

16 三省：指门下省、中书省、尚书省。

17 九逵：指都城大道。

18 直城：汉长安城西出第二门为直城门,此处指长安外郭城。唐人常用来与曲江对称。

19 曲江池：在长安升道坊南,其水曲折,唐时为著名游赏胜地。

20 石绿：一种作画颜料，色绿。

21 曲(qū)尘：酒曲上所生菌，色淡黄，因以指淡黄色。

22 侵：侵占，此处指堤上设置帷幔。

23 坠髻：堕马髻，当时流行的一种发型，发髻侧在一边。

24 啼眉：啼眉妆，当时流行的一种妆容，眼下淡施胭脂，似啼痕。

25 筹：酒令筹，用以巡酒行令。红螺碗：以螺制成的酒杯，形容用具精美。

26 觥(gōng)、卮(zhī)：皆盛酒器皿。

27 《调笑》：抛打是行酒令的一种方式，伴以奏乐曲调。《调笑》是其曲调之一。

28 卷波：卷白波，一种酒令，唐时流行。

29 荏苒：时光流逝。星霜：因星辰每年一转，霜每年遇寒而降，古人常以星霜代指年岁。

30 两衙：早衙，晚衙。

31 考：官员考课。资：官资，任官所历年资。

32 偶：同"遇"，遇合。圣：圣主。

33 天成：合乎自然，不假人工。

34 矻(kū)矻：勤劳不懈的样子。

35 策目：试策篇目。为参加制举，白居易曾与元稹共同拟作《策林》，共七十五目。穿札：原意为射穿铠甲，此处比喻策文文风犀利。

36　坻(chí)：水中高地。

37　夔(kuí)、龙：舜时二臣名。

38　晁、董：汉时晁错、董仲舒，均举贤良对策。

39　三道：试策规定为三道。

40　专场：独擅一场，无所匹敌。

41　辅车：脸颊骨与牙床，古谚有云"辅车相依，唇亡齿寒"，常用来比喻互相依存的关系。

42　掎(jǐ)角：分兵牵制，互相呼应。角谓执其角，掎谓拖其后足。搴(qiān)：拔取。

43　双阙(què)：宫殿前建双阙，左右各一。容卫：仪仗，护卫。

44　俨：俨然，庄重严肃的样子。等衰(cuī)：等次，等级。衰，从上到下的次序。

45　紫泥：古时以泥封书信，泥上盖印。皇帝用紫泥，后代指诏书。

46　白麻：白麻纸，唐时凡遇国家大事，以白麻纸书写诏诰。

47　縻(mí)：牵制，统领，此处指封官。

48　东垣：门下省。元稹授左拾遗，为门下省属官。

49　乌府：御史台，因御史府中列柏树，常有数千乌鸦栖宿。

50　墀(chí)：台阶，宫殿以丹涂墀。

51　鹓(yuān)鸾：鹓雏与鸾凤，比喻朝廷官员。

52　獬豸(xiè zhì)：传说中的神兽，能辨别是非曲直。御史戴獬豸冠。

53　葳蕤(wēi ruí)：形容草木旺盛的样子。

54　强御：豪强，有权势的人。

55　喔咿(wō yī)：献媚强笑的样子。

56　持禄位：保持俸禄官位。

57　韝(gōu)：臂套，打猎时用以驾鹰。

58　慑狐狸：震慑狡猾佞人。此诗以鹰、犬称誉元稹。

59　东台：东都御史台，唐时东都洛阳设百官分司之职。元稹于元和四年拜监察御史，奉使东川，其后分司东都。

60　定国：于定国，字曼倩，西汉名臣，为人谦恭，能决疑平法，被朝廷誉为："张释之为廷尉，天下无冤民；于定国为廷尉，民自以不冤。"

61　辛毗(pí)：字佐治，三国魏文帝时侍中。魏文帝欲迁徙冀州十万户充实河南，辛毗力谏。文帝不听而起，辛毗竟拉着文帝衣襟再谏。后来，文帝只迁五万户。

62　造次：匆忙，仓促。出自《论语·里仁》："(君子)造次必于是(仁)，颠沛必于是。"

63　在兹：念兹在兹，念念不忘。

64　险巇(xī)：泛指道路艰难。

65　木秀遭风折：即"木秀于林，风必摧之"，比喻才能或品行出众的人,容易受到嫉妒、指责。秀,突出。

66  兰芳:比喻有才能的人。

67  腾口:同"滕口",张口放言。痏(wěi):疮瘢。

68  吹毛遂得疵(cī):即吹毛求疵。疵,缺点。

69  贝锦:比喻诬陷他人、罗织成罪的谗言。

70  江蓠(lí):一种香草。《离骚》中有"扈江离与辟芷兮,纫秋兰以为佩",此处"咏江蓠"即咏《离骚》。

71  贾生:西汉贾谊,文帝时出为长沙王太傅。魏阙:宫门上巍然高出的观楼。

72  王粲:字仲宣,东汉末年人,"建安七子"之一。年少时曾被征召黄门侍郎,不就,依荆州刘表。荆夷:楚地,春秋时荆楚之地常被称为蛮夷。元稹贬江陵,属楚地。

73  清源寺:在蓝田县(今属陕西)辋谷。

74  绮季祠:即祭祀商山四皓之一绮里季的祠庙,在商州上洛县(今陕西商州)西终南山。

75  汉皋:汉水之滨。相传周时郑交甫在汉水之滨,遇江妃二女,分别时得二女赠佩,行数十步,却发现已空怀无佩。

76  岘亭碑:在襄阳岘山。史载,晋羊祜常登岘山,因世事变迁、贤达陨落而悲叹。后襄阳百姓建碑于此,祭祀羊祜,望其碑者莫不流涕,杜预称其为堕泪碑。

77  湄(méi):水边。

78　陴(pí):城墙之上的女墙。

79　醪(láo):浊酒。

80　鳏(guān)鱼:鳏是一种鱼,老而无妻亦称鳏。

81　渴旦:即盍旦,夜鸣求旦之鸟。元稹妻韦丛于元和四年病卒,元稹著《遣悲怀》诸篇悼亡。此句言此事。

82　骢(cōng)马:青白色相杂的马。

83　涸(hé):干枯。濡(rú):沾湿。

84　啜(chuò):喝。醨(lí):薄酒。

85　伯乐:相传为春秋时期善相马之人。

86　张仪:战国时策士。楚国丢失和氏璧,疑为张仪所为,痛打后放出,称"舌在足矣"。后张仪入秦,以连横之法破除诸国合纵之计,助秦统一。

87　冲星剑:指剑气可上冲天际。

88　向日葵:葵花向日,故有是说。

89　销铄:金属熔化。

90　玉性:比喻坚贞的品性。磷:磨损。缁:染黑。

91　蠖(huò):尺蠖之虫,行动时身体一屈一伸地前进。常用来比喻不得志时屈身退隐。

92　问龟:古以龟占卜,此处指求助鬼神。

93　无憀(liáo):无依赖。岁杪(miǎo):岁末。

94　履綦(qí):鞋上的带子。

95    素书：古人以白绢写书信，故常称书信为素书。

96    兴善：兴善寺，在长安靖善坊，占据一坊之地。

97    靖安：长安静安坊，与靖善坊东相接。元稹宅在靖安坊

西，故西与兴善寺相近。

98    开元观：在长安道德坊，本隋秦王浩宅。

# 和友人洛中春感

莫悲金谷园中月[1]，莫叹天津桥上春[2]。
若学多情寻往事，人间何处不伤人？

　　和诗犹难，因为和诗与原诗要在内容上相互切合，还要同中见异，有所生发。此诗的原诗已不可考，但有迹可循。从前二句口吻来看，原诗似为伤春之作，或许还带有历史沧桑之悲。诗人连用两个"莫"，表达了对友人诗歌中肤浅感情的不赞同。第三句点出友人诗情的本质，无非是"为赋新词强说愁"，进而逼出一个设问，戛然而止。这设问以欲言又止之态，既道出人生的悲苦，更道出了诗人不作无病呻吟的创作主张和美学追求。全诗语言流畅，感情饱满，颇似民歌。

1　金谷园：西晋石崇的园馆，在今河南洛阳。
2　天津桥：旧址在今洛阳桥附近，隋唐时建造，是当时连接洛水两岸的交通要冲。

# 邯郸冬至夜思家[1]

邯郸驿里逢冬至，抱膝灯前影伴身。
想得家中夜深坐，还应说着远行人。

在古代，殷商历法将冬至定为岁终，后来采用夏历（即农历），冬至就降为"亚岁"，但也常被作为全民欢庆之佳节。"独在异乡为异客，每逢佳节倍思亲"（王维《九月九日忆山东兄弟》），羁旅邯郸的诗人在这全年最长的夜晚，抱膝独坐，思念家乡的亲人。本是自己思念家乡却不直说，而是将诗笔推向家人，写家人思念自己，深夜不眠，一起念叨着远行在外的诗人。正与杜甫《月夜》"今夜鄜州月，闺中只独看。遥怜小儿女，未解忆长安"同法，写尽思家时敏感忧伤的情绪。而"还应说着远行人"，亲切自然，感情真挚，极易引起读者共鸣。

1　邯郸：今河北邯郸。

# 江南送北客因凭寄徐州兄弟书[1]

故园望断欲何如[2]？楚水吴山万里余[3]。
今日因君访兄弟，数行乡泪一封书。

———　北客还乡，望断故园，别离之情又添思乡之意，愁上添愁，怎能不流下伤感的泪水？因为自离家远行，便无时无刻不思念家乡，"望断"极言望乡之久。然而，就算"望断"也毫无意义，毕竟两地相隔万里有余。前二句细腻切情，后二句全在此思乡之切、归家无门的基础上唱出，以"数行乡泪"与"一封书"对举，极言一封家书也难以容纳自己的思乡之情，可谓深挚感人。据考证，此诗是诗人十七岁所作，情感之细腻和语言之流畅已初步显现。

———

1　徐州：指徐州符离（今属安徽），白居易有兄弟居于此。

2　望断：望到尽头。

3　楚水吴山：泛指江浙一带。

## 赋得古原草送别 [1]

离离原上草[2]，一岁一枯荣。
野火烧不尽，春风吹又生。
远芳侵古道[3]，晴翠接荒城。
又送王孙去[4]，萋萋满别情[5]。

　　向来"赋得"之题，难写出深意，诗人却紧扣"古原草"与
"送别"之间早前就存在的相关象征之意，以浅显的语言融
入深邃的宇宙思考和深切的生活体验，寄托深远，令人难忘。
三四句道出野草顽强旺盛的生命力，上承"一岁一枯荣"，分
孟浩然的"劲草踏还生"（《春晚》）为二句，不滞不涩，余韵
袅袅，为古今乐道。"侵""接"二字，有"离恨恰如春草，更
行更远还生"（李煜《清平乐》）之妙。关于此诗，还流传着
一段佳话。据说白居易谒见顾况，顾况谑之曰："长安物贵，
居大不易。"当读到此诗的"野火烧不尽，春风吹又生"，便
改口说："有句如此，居亦何难？老夫前言戏之耳！"（尤袤
《全唐诗话》）

1　赋得：以古人成句或限定成语为题之诗，题首常冠以"赋
得"二字，多用于应制或集会分题。

2　离离 : 草木茂盛的样子。

3　侵 : 覆盖。

4　王孙 : 本指贵族子孙, 此处指远游之人。

5　萋萋 : 草木繁盛的样子。

## 江楼望归  时避难在越中[1]

满眼云水色，月明楼上人。
旅愁春入越，乡梦夜归秦。
道路通荒服[2]，田园隔虏尘[3]。
悠悠沧海畔，十载避黄巾[4]。

————  满眼风光，却非故乡，这如何不令人泛起思乡之愁。此诗可贵之处在于，写乡愁，但不拘泥，将诗笔探入造成诗人背井离乡的原因，表达了对国家陷入战乱的担忧与感伤。首句笔力浑厚，苍茫的云水弥漫诗间，耸动全篇。次句从景写到人，进而写到旅人的乡愁。末二联承颔联而下，一气写出诗人奔逃之远与离家之无奈。由一人推知众人，可知战争无论正义与否，伤害的总是平民的善良与天真。全篇深得起承转合之妙，浑然老成，愁得深沉，悲得广大，真不似少年所作。

————  1  越：此处指浙江东部。时白居易随父羁旅衢州，大约十六岁，此诗当为其少作。

2  荒服：古时以距离都城远近划分出五大区间，称为五服。荒服是距都城最远的区域，后来泛指边远地区。

3  虏尘：此处指李希烈叛唐之乱。

4  黄巾：东汉末年张角领导的黄巾起义，此处指作乱、叛乱之人。

# 自河南经乱关内阻饥[1]兄弟离散各在一处因望月有感聊书所怀寄上浮梁大兄[2]於潜七兄[3]乌江十五兄[4]兼示符离及下邽弟妹[5]

时难年饥世业空，弟兄羁旅各西东[6]。
田园寥落干戈后，骨肉流离道路中。
吊影分为千里雁[7]，辞根散作九秋蓬[8]。
共看明月应垂泪，一夜乡心五处同。

所谓"悲莫悲兮生离别"（屈原《九歌·少司命》），物质的匮乏远不及心灵慰藉的缺失令人心痛。诗人历经战乱和饥荒，家业一空，田园寥落，已令人生出盛衰之感，但族人零落、弟兄流离，才真正让人无法忍受。三四句分承一二句，点出此诗主旨，即叹时事艰难、悲兄弟离散。五六句用形影相吊的独行大雁和无根飘散的九秋蓬草作比，曲尽羁旅他乡的孤独与凄凉。末二句诗笔宕开，紧扣题目"望月有感"，写各处兄弟虽然飘零离散，但相思之情却在月夜格外浓烈，逆挽有力，余情袅袅，诗境为之一开。

1　关内：函谷关以西，今陕西关中地区。阻饥：因饥荒而艰难生活。

2　浮梁大兄：白幼文，白居易同父异母兄，排行老大，时任浮梁（今属江西）主簿。

3　於潜七兄：白居易从兄，名不详，排行第七，时任於潜（今属浙江）尉。

4　乌江十五兄：白逸，白居易从兄，排行第十五，时任乌江（今安徽和县北）主簿。

5　符离：在今安徽宿州市北。下邽（guī）：在今陕西渭南市北。

6　羁（jī）旅：寄居他乡。

7　吊影：形影相吊，形容孤独。吊，慰问。

8　九秋：指秋天。

# 同李十一醉忆元九[1]

花时同醉破春愁，醉折花枝作酒筹[2]。
忽忆故人天际去，计程今日到梁州[3]。

　　春来闲愁，无计可消除。所幸与友人畅饮，忘却闲愁，折花行酒，好不欢快。也许诗人想起了陆凯《赠范晔》的"折梅逢驿使，寄与陇头人"了，这春日闲愁"才下眉头"，对元稹的思念之愁"却上心头"。第三句转得妙，将起句和承句的欢快一截而变为舒缓和忧伤；末句结得巧妙，将酒筹用作计算朋友行程的工具，不但透出了诗人对元稹行程的关心与记挂，而且使全诗以花枝酒筹为线索，一气贯通。唐孟棨《本事诗》记，此诗创作之时，恰是元稹到梁州之时，元白或许真心有灵犀。

1　李十一：李建，字杓直，荆州石首（今属湖北）人。元九：见《赠元稹》注。
2　酒筹：古时行酒令的计算工具，又名"酒算""酒枚"。筹，计算工具。
3　梁州：地名，在今陕西汉中一带。

# 送王十八归山寄题仙游寺[1]

曾于太白峰前住[2]，数到仙游寺里来。
黑水澄时潭底出[3]，白云破处洞门开。
林间暖酒烧红叶，石上题诗扫绿苔。
惆怅旧游那复到，菊花时节羡君回。

　　黑与白，红与绿，色彩简单明丽，这就是记忆中仙游寺的样子。诗题为送人，却仅在末句点到，其他全为寄题回忆：先言仙游寺的位置；又言往昔赴仙游寺所见；再言寺中雅集；至"那复到"为一顿挫，表达了对当地风物人事的怀恋。诗人对黑水、白云、红叶、绿苔如数家珍，果见诗人之"数到"。写物朴拙，却无处不流露出文人意趣："白云破处洞门开"最切寺名，恍然有仙游之意；林间暖酒，石上题诗，已是雅事；又以烧红叶、扫绿苔加以点染，更加清丽脱俗、惹人神往。

1　王十八：王质夫，排行第十八，隐居在仙游寺蔷薇涧。仙游寺：在盩厔（今陕西周至），始建于隋开皇年间。
2　太白峰：太白山，在今陕西周至。
3　黑水：仙游潭，在今陕西周至县南中兴寺及仙游寺之间。其水黑色，又名黑水潭。

# 八月十五日夜禁中独直对月忆元九 [1]

银台金阙夕沉沉[2]，独宿相思在翰林。
三五夜中新月色，二千里外故人心。
渚宫东面烟波冷[3]，浴殿西头钟漏深[4]。
犹恐清光不同见，江陵卑湿足秋阴[5]。

　　大抵咏月之诗，多以月寄托相思，正所谓“海上生明月，天涯共此时”（张九龄《望月怀远》）。此诗则别开一境，写到“犹恐清光不同见”的担心，将相思之情更推进一步。尾联上句为果，下句为因，诗人将因果倒置，以江陵秋阴卑湿的恶劣气候作结，则在相思基础上更透出对友人深挚的关心。颔联对得自然而巧妙，“三五夜”恰合十五日，正与“二千里”相对；“新月色”和“故人心”一景一情，对得贴切，又见出情义，不可多得。纪昀称此诗为香山最沉着之笔，的为确论。

1　禁中：禁苑中。直：当值，值班。元九：见《赠元稹》注。
2　银台：代指月亮。金阙：指天子的居所。
3　渚宫：春秋楚国的宫名，故址在今湖北荆州。此处代指江陵（今湖北荆州）。元稹时任江陵法曹。
4　浴殿：皇宫内的浴室。钟漏：代指时间、时辰。
5　卑湿：地势低下潮湿。

## 惜牡丹花二首（其一）一首翰林院北厅花下作[1]

惆怅阶前红牡丹，晚来唯有两枝残。
明朝风起应吹尽，夜惜衰红把火看[2]。

春花消残，美人迟暮。伤感的人们害怕看到这种光景，却阻挡不了春去人老的结局。诗人深知这一点，在艳红的牡丹盛开之日就开始"惆怅"，刚有两枝衰落，便警醒起来，担心明日红衰香褪，所以把火照花，彻夜观赏。全诗文气跌宕，层层深入，写尽诗人因惜花而变得细腻敏感的情怀。末句尤为深切，将诗人多情的形象刻画得淋漓尽致。李商隐的"客散酒醒深夜后，更持红烛赏残花"（《花下醉》）和苏轼的"只恐夜深花睡去，故烧高烛照红妆"（《海棠》），用其意。

1　翰林院：唐朝设立的官署，初时为供奉文学之士，后来成为起草诏书的重要机构。
2　把火：手持火烛。

# 江楼月

嘉陵江曲曲江池[1]，明月虽同人别离。
一宵光景潜相忆，两地阴晴远不知。
谁料江边怀我夜，正当池畔望君时。
今朝共语方同悔，不解多情先寄诗。

———　　一弯江楼月，遍照相思人。昔日曲江边上畅饮谈笑，今日已是相隔万里。一夜相思，细想来，却完全不知万里之外的月亮是阴晴圆缺，更不知君思我时我正念君。都说鱼雁传书寄相思，你我实在不应只顾凝望，一味相思，而须互通款曲，寄诗传情。此诗妙在情感真切，立意新颖，并不简单地写"明月寄相思"，而是推进一层，写到不知对方那里是否晴天，是否能看得到这满载相思的明月，是否能感受到来自对方的思念，进而逼出写诗寄情之意。

———　　1　嘉陵江：长江支流。时元稹使东川（今四川会东、广元一带），在嘉陵江畔。曲江池：故址在今西安城南，原为汉武帝所建，唐时扩建整修，成为著名的游赏胜地。

## 望驿台 [1]　三月三十日

靖安宅里当窗柳[2]，望驿台前扑地花。
两处春光同日尽，居人思客客思家。

————

　　三月三十日，元稹曾作《望驿台》思念远在家中的妻子韦丛。此诗为白居易和诗，拟三月三十日韦丛口吻，续写相思之情。我临窗对柳，你登台赏花；我处柳叶葱茏，你处残花委地。柳浓花残，三春尽逝。此时此刻，你我正互相思念。四句诗似现代电影的蒙太奇手法，用镜头的跳转和拼合，写出了"一种相思，两处闲愁"（李清照《一剪梅》）的缠绵与忧伤。第三句实写春光不再，又暗喻分别后相思的每一天都似春光不再一样。第四句将"居人"与"客"共同的情感"思"一笔扫尽，极为精练，令人感伤。

————

1　望驿台：在今四川广元。驿，古时传递公文中途休息、换马之所，亦指用来传递公文的马匹。
2　靖安宅：指长安靖安里的元稹住宅。

# 村　夜

霜草苍苍虫切切[1]，村南村北行人绝。
独出前门望野田，月明荞麦花如雪[2]。

　　"悲哉！秋之为气也"（宋玉《九辩》），秋日衰飒的风光，总会令人倍感忧伤。诗人在乡村中趁夜徘徊：霜降过后，青草枯萎，秋虫低鸣，行人少绝。这萧瑟凄清的秋夜，无处不藏匿着孤寂和凄凉。于是漫步前门，遥望野外，满地的荞麦花，在秋月映照下，宛如白雪初积。本来凄凉的秋意，在雪月辉映中却多了一分清朗澄澈的气息。此诗四句全为景语，景中含情，不用艳词丽句，而是选用入声作韵，清新淡雅又透出些许凄清的味道，生出一种不同流俗的格调。

1　苍苍：灰白色。切切：形容声音的细急、凄凉。
2　荞麦：一年生草本植物，其花白色。

# 王昭君二首（其二）[1] 时年十七

汉使却回凭寄语，黄金何日赎蛾眉？
君王若问妾颜色，莫道不如宫里时。

吟咏昭君故事自晋代石崇始，但多写离愁别恨，如"今日汉宫人，明朝胡地妾"（李白《王昭君二首》）、"千载琵琶作胡语，分明怨恨曲中论"（杜甫《咏怀古迹》其三)，或有自伤身世，如"君不见咫尺长门闭阿娇，人生失意无南北"（王安石《明妃曲》）。此诗则就本事设想，不费辞章，绝以意胜，别出机杼。首句起得直接，次句承得利落，点出诗眼"赎"，"何日"暗示出昭君归汉之迫切；后二句全从"赎"字生出，设想昭君叮咛汉使之语，切合昭君口吻，又别出一层自伤之意，令人唏嘘。

1　王昭君：字嫱，汉元帝时被选入宫，匈奴呼韩邪单于来汉求婚，昭君请行。

# 欲与元八卜邻[1]先有是赠

平生心迹最相亲，欲隐墙东不为身[2]。
明月好同三径夜[3]，绿杨宜作两家春[4]。
每因暂出犹思伴，岂得安居不择邻？
可独终身数相见，子孙长作隔墙人。

　　生活中的择邻小事，白居易以诗出之，紧扣"欲卜邻"之
意，层层深入，将想要为邻而居的迫切抒写得淋漓尽致。首
联先点出卜邻的缘由是"最相亲"，接着从正反两方面写及两
家为邻的好处，最后更上一层，将为邻好处由自身推至子孙
后代。颈联和尾联亦以递进式结构上下句：同出为伴固然
好，同处为邻岂不更妙？我辈为邻好，世代为邻岂不更令人向
往？这种步步递进的方式，将与元八的友情越写越深，令诗意
流转不滞，又雅趣十足。

1　元八：元宗简，字居敬，排行第八，官至京兆少尹。卜邻：选
择邻居。
2　墙东：史载，东汉王君公隐居，靠在墙东撮合牛的买卖为
生。后以"墙东"代指隐居之地。
3　三径：两汉之际，蒋诩闭门不出，只开三径，与高士求仲、羊

仲往来。后以"三径"代指隐居之所。

4　绿杨：史载，晋陆慧晓与张融结邻而居，其间有池，池上有两株杨柳。此处用其意。

# 燕子楼三首　并序

　　徐州故张尚书有爱妓曰盼盼[1]，善歌舞，雅多风态。予为校书郎时[2]，游徐、泗间[3]。张尚书宴予，酒酣，出盼盼以佐欢，欢甚。予因赠诗云："醉娇胜不得，风袅牡丹花。"一欢而去，迩后绝不相闻，迨兹仅一纪矣[4]。昨日，司勋员外郎张仲素缋之访予[5]，因吟新诗，有《燕子楼》三首，词甚婉丽。诘其由，为盼盼作也。缋之从事武宁军累年[6]，颇知盼盼始末，云："尚书既殁，归葬东洛。而彭城有张氏旧第[7]，第中有小楼，名燕子。盼盼念旧爱而不嫁，居是楼十余年，幽独块然，于今尚在。"予爱缋之新咏，感彭城旧游，因同其题，作三绝句。

## 一

满床明月满帘霜，被冷灯残拂卧床。
燕子楼中霜月夜，秋来只为一人长。

## 二

钿晕罗衫色似烟[8]，几回欲著即潸然。
自从不舞《霓裳曲》[9]，叠在空箱十一年。

## 三

今春有客洛阳回，曾到尚书墓上来。
见说白杨堪作柱，争教红粉不成灰[10]？

生时离别犹黯然，那么死别会怎样呢？这三首诗便描写了爱人逝去、独守爱情的哀伤。漫漫秋夜，她独对空床，只有微凉的秋月、秋霜相伴，仿若这长夜只为她一人设计，真可谓言情细腻、体物入微之佳作。第一、二首拟歌妓盼盼口吻而作，从秋夜之长、舞衣之旧入手，写盼盼的哀痛。第三首则诗人介入，以画外音的方式道出令局外人也不禁忧伤的感慨：十余年的岁月足以让坟上白杨长得梁柱那样粗，"树犹如此，人何以堪"（刘义庆《世说新语》记桓温语），一个妙龄女子万念俱灰的形象悄然托出。三首诗为唱和之作，完全次韵，若与原作对读，更能发现它立意独标的妙处。

1  张尚书：张愔，武宁军节度使，后官至工部尚书，卒于元和二年（807）。

2  校书郎：官名，校雠典籍、订正讹误之官。白居易贞元十九年（803）授此官。

3  徐、泗：徐州、泗州（今江苏盱眙）。

4  仅：几乎，将近。一纪：十二年。

5  张仲素：字缋之，官至中书舍人。

6  武宁军：武宁军节度使，治徐州，管徐、泗、濠、宿四州。

7  彭城：即徐州。

8　钿（diàn）：一种头饰。

9　《霓裳曲》：《霓裳羽衣曲》，见《长恨歌》注。

10　红粉：此处代指女子。

## 初贬官过望秦岭[1] 自此后诗江州路上作[2]

草草辞家忧后事[3]，迟迟去国问前途。
望秦岭上回头立，无限秋风吹白须。

———

　　因谗被贬，又要即刻启程，诗人万般忧愁愤懑，郁结于心，发为此诗。前二句对仗工整：仓促出发，来不及交代家事；行程缓慢，屡问赶赴江州之路。拨开词句的表面意思，能看到诗人担忧后事、问卜前途的互文双关之意。末二句为实景，画就一幅秋风肃肃中老者回望长安的图景，且补足了前两句未说之意：对后事的担忧、对前途的问卜都无人能理解，只有白须与自己形影相吊而已。全诗未有一字言情而无限情意自见。

———

　　1　望秦岭：秦岭山，在商州（今属陕西）。白居易被贬江州，取道于此。
　　2　江州：见《江楼闻砧》注。
　　3　草草：仓促，匆忙。

# 蓝桥驿见元九诗[1] 诗中云江陵归时逢春雪[2]

## 蓝桥春雪君归日，秦岭秋风我去时[3]。
## 每到驿亭先下马[4]，循墙绕柱觅君诗。

　　春雪初融，元稹归来；秋风乍起，诗人离去。一春一秋，一归一去，不同时间不同去向，却在蓝桥驿"擦肩而过"。"顾此稍依依，是君旧游处"，诗人不禁下马觅诗，以慰相思。末句连用"循""绕""觅"三个动词，生动地刻画了诗人在驿亭转来转去、摩挲拂拭、仔细辨认挚友诗作的形象，将诗人思念友人的深情表露无遗，这也充分证明题壁是当时诗歌传播的重要途径之一。其实，元稹一月归京，三月又赶赴通州，二人相聚时间尤为短暂，而诗人只以春与秋、归与去对举，大约是想在时空的高度概括中寄托各自身世飘零的感慨。

1　蓝桥：位于蓝田、商洛之间，在今陕西蓝田县西南蓝溪之上，是当时交通要津。元九：见《赠元稹》注。

2　江陵归时逢春雪：有人说此为元稹诗句，有人说该句为元稹《留呈梦得子厚致用》之隐括。

3　秦岭：在商州（今属陕西），此处泛指商州道上的山岭。

4　驿亭：古时供旅途歇息住宿的处所。

# 襄阳舟夜[1]

下马襄阳郭，移舟汉阴驿[2]。
秋风截江起，寒浪连天白。
本是多愁人，复此风波夕。

　　若胸中有愁，愁便无处不在。诗人对眼前之景，径直写
出，毫不雕饰，实景又被愁情笼罩，直至呼之欲出。襄阳是南
北交通的一个重要分界：往北为陆路，须乘马；往南是水路，
要乘船。交通工具的更替，已让诗人多愁善感，深切体会到离
家愈远。再加上秋风拦江而起，浪涛激荡，宛若与寒夜连成一
片，凄清之景不免加重了内心的忧愁，便有了末二句的点题：
乡愁加之风景之恶，正应了"多愁人"的称呼，诗人以一种古
朴的直白，揭示了自己无处宣泄的愁苦。

1　襄阳：今湖北襄阳市襄城区，在汉水南岸。
2　汉阴：也指襄阳。驿：古时传递公文中途休息、换马之所。

## 雨中题衰柳

湿屈青条折[1]，寒飘黄叶多。
不知秋雨意，更遣欲如何？

　　秋雨连绵不断，湿折了柳条，打落了黄叶。都说一场秋雨一场寒，秋雨一点一点地下，寒意也在一点一点增加，直至万物消歇的冬日。诗人将秋雨拟人，不禁反问它：柳条断了，柳叶黄了，你还不停止，到底想要怎样呢？问句作结，将诗人对衰柳的同情和对秋雨的愤慨全盘托出，爽利悲壮。诗人怨秋雨却不止秋雨，悲衰柳却又不止衰柳，浅白如话的咏柳诗下，暗示着诗人对当权者不择手段地迫害有志之士的愤怒，以及对受迫害者的同情和感伤。

[1] 青条：青色的枝条，此处指柳枝。

# 岁晚旅望

朝来暮去星霜换[1]，阴惨阳舒气序牵[2]。
万物秋霜能坏色，四时冬日最凋年。
烟波半露新沙地，鸟雀群飞欲雪天。
向晚苍苍南北望[3]，穷阴旅思两无边[4]。

———

　　物换星移，暑往寒来，宇宙一直都按照固有规律循环往复地运转。光景流年，本来没什么可说的，可偏偏赶在万物凋残的冬季、黑云压城的欲雪天，诗人羁旅在外，必然生出无边愁绪。此诗起得高远，从星霜节序的自然规律写来，自然精警。颔联切"岁晚"，"能""最"二字相对，写出了秋冬季节的无情与萧飒。颈联特写了冬雪欲来时的江边景象，用笔着力，真有天地变色、万物惊动般的力量。最后落脚在愁绪无边上，或许因时序变化，或许因天地变色，或许因羁旅他乡，再或许因仕途不遇。

———

1　星霜：因星辰每年一转，霜每年遇寒而降，古人常以星霜代指年岁。

2　阴惨阳舒：古时以春夏为阳，以秋冬为阴。气序：节气，季节。

3　向晚：临近傍晚的时候。

4　穷阴：冬尽年终之时，一说指极其阴沉的天气。

# 舟中读元九诗 [1]

**把君诗卷灯前读，诗尽灯残天未明。**
**眼痛灭灯犹暗坐，逆风吹浪打船声。**

　　旅途向来难熬，最难莫过孤独无伴。夜晚，泊船江畔，诗人燃灯，读起元九的寄诗。诗篇早就读完，诗人仍枯坐思念，直到残灯无焰。也许是灯下读诗太久，更可能是相思至极，已眼酸流泪，他吹熄灯火，在一片黑暗中独坐，听着逆风吹浪，拍打船舷的声音。前三句，句句写灯，从灯明到灯残再到灯灭，在清晰的时间推进中将诗人的忧伤一点一点推向凄苦，"眼痛""暗坐"更加深了此诗的情感。末句以景作结，点出仕途的坎坷和己身的忧惧，不但诗中有画，而且诗中有声，声情并茂，越发动人。

1　元九：见《赠元稹》注。

# 放言五首（其三）

赠君一法决狐疑，不用钻龟与祝蓍[1]。
试玉要烧三日满[2]，真玉烧三日不热。
辨材须待七年期[3]，豫章木生七年而后知。
周公恐惧流言后[4]，王莽谦恭未篡时[5]。
向使当初身便死[6]，一生真伪复谁知？

　　德国戏剧家布莱希特说："真理是时间的孩子，不是权威的孩子。"真理需要时间检验，真相更需要时间来揭示，这就是此诗的主旨。此诗开门见山，说要告诉读者"决狐疑"的方法，接下来又不直说，而用试玉、辨材作比，再切入人事以周公、王莽作例，尾联承周公、王莽而下，委婉曲折地道出这方法便是时间。诗虽议论，却深得起承转合、层层深入的结构之妙，毫不枯燥，充满理趣。宋人"少年胯下安无忤？老父圯边愕不平。人物若非观岁暮，淮阴何必减文成"（杨万里《题淮阴侯庙壁》），反用其意。

1　钻龟：古代用龟占卜，钻龟甲加以烧灼，观其纹路以卜吉凶。祝蓍（shī）：古人用蓍草占卜，以蓍草排列计算，预测事物变化。

2　试玉：检测玉石的真伪，相传真正的玉石火烧三日而不热。

3　辨材：辨别木质的优良，相传优良的豫章木须生长七年才能看出。

4　周公：周公姬旦，周武王之弟。成王年幼时，周公曾摄政，受到管叔、蔡叔诬陷后，避居而走。成王悔悟，迎周公回朝。

5　王莽：西汉孝元皇后之侄。初时谦恭俭让，颇得人望。后篡汉自立，国号新。

6　向使：假如。

# 代春赠

山吐晴岚水放光[1]，辛夷花白柳梢黄[2]。
但知莫作江西意，风景何曾异帝乡[3]。

---

1　岚（lán）：山间的雾气。

2　辛夷：一种落叶乔木，初春开花，又名应春花。辛夷花有白紫两种。

3　帝乡：帝都，指长安。

# 答　春

草烟低重水花明，从道风光似帝京[1]。
其奈山猿江上叫，故乡无此断肠声。

此二首诗诗人将春拟人，以对话的口吻展现了江西春天之美以及思乡之切。第一首拟春相劝，写江西山水氤氲、春花浪漫，与长安并无不同，只要你不把自己当成客居江西的游子。第二首为诗人答春，表面看来江西和帝乡风景确实相差无几，但或许因为诗人贬谪身份的不同，他敏感的神经捕捉到春景中那一丝丝的不同，就是山猿悲啼，断人肝肠。"断肠"双关，一写猿啼，一写诗人内心思乡的悲苦。看来正应了那句话：一切景语皆情语也。清纳兰性德有词称"风一更，雪一更，聒碎乡心梦不成。故园无此声"（《长相思》），盖本此诗。

1　从道：任说。帝京：京都，京城。

## 晚春登大云寺南楼赠常禅师 [1]

花尽头新白，登楼意若何？
岁时春日少，世界苦人多 [2]。
愁醉非因酒，悲吟不是歌。
求师治此病，唯劝读《楞伽》[3]。

　　"花近高楼伤客心，万方多难此登临"（杜甫《登高》），像杜甫这样登楼慨叹固然是好的，可是慨叹丝毫不能为世人减却一丝苦痛。诗人立意新颖，说自己患了一种病。这病比较奇特，看到的总是春尽白头的悲戚，或者世间无数人们经受的苦难，甚至都不能沉醉于欢歌畅饮。首联起得峭拔，颔联自然而合佛理，不可凑泊。颈联写此病不能用世俗的借酒浇愁、对酒悲歌来医治。尾联归结到求医问药，禅师的药方便是《楞伽经》，结束得清晰明了，道出佛理医治心灵、使人明心见性的本质。可谓字字俱到，鞭辟入里，理趣盎然。

　　1　大云寺：唐朝武则天时，曾颁令各州均置大云寺。常禅师：僧智常，曾驻锡庐山归宗寺，与时任江州司马的白居易有交谊。

2　世界：古往今来曰世，上下四方曰界。

3　《楞伽》：《楞伽经》，全称《楞伽阿跋多罗宝经》，是历来习禅者明心见性的重要经典。

# 百花亭 [1]

朱槛在空虚，凉风八月初。
山形如岘首[2]，江色似桐庐[3]。
佛寺乘船入，人家枕水居。
高亭仍有月，今夜宿何如？

———

　　诗有表里。表面看来，此诗就是一首凭栏远望图，清新自然；实际上，诗中有哲理的流动和诗人内心的挣扎。此诗围绕百花亭，写风景，写人事，更写义理。首联写凭栏而望，感受凉风习习。颔联写百花亭附近的自然景色，远山如黛、江水滔滔。颈联引入人事描写，不仅对仗工巧清新，又深契哲理：佛寺为隐，人家为显，暗示着佛理之难求，世俗之可近，逼出尾联的设问：假高亭月之口，叩问内心要选择艰难的佛理，还是亲切的人世生活。其灵机内运，锻炼自然的功力可见一斑。

———

1　百花亭：在江州（今江西九江），梁邵陵王萧纶所建。
2　岘（xiàn）首：即岘山，在今湖北襄阳南。
3　桐庐：即桐庐江，在今浙江桐庐。

# 送客之湖南

年年渐见南方物，事事堪伤北客情。
山鬼趫跳唯一足[1]，峡猿哀怨过三声。
帆开青草湖中去[2]，衣湿黄梅雨里行[3]。
别后双鱼难定寄[4]，近来潮不到溢城[5]。

　　南北风物差异较大，北地诗人来到南方，多从岁时变化的早晚写及相思之情。诗人却以处处不同的风物表现客愁乡心，并融入送别之情，着力刻画了"客中送客"的悲伤。首联对得工稳，"年年渐见"透出诗人羁旅南方之久，"事事""伤情"总领全篇；颔联、颈联句句写南方之景，颈联又在写景中多一层送别之情，见出起承转合中的转折之妙，并由此逗出尾联的相思之情以作结。层层递进，写尽客居与送别的哀伤、幽怨。

1　趫（qiáo）：敏捷。一足：相传有山精，赤色一足，其名浑。
2　青草湖：与洞庭湖相连，在今湖南岳阳。
3　黄梅雨：长江中下游地区六月中旬到七月上旬左右常连绵阴雨，因此时梅子成熟，故称其为"梅雨"或"黄梅雨"。
4　双鱼：代指书信。
5　溢城：见《登香炉峰顶》注。

# 西　楼

小郡大江边，危楼夕照前[1]。
青芜卑湿地，白露沆寥天[2]。
乡国此时阻，家书何处传？
仍闻陈蔡戍[3]，转战已三年。

　　"小郡""大江"，"危楼""夕照"，一片冷峭凄清。诗人先声夺人，起句突兀，意境冷寂，奠定全诗基调。颔联写西楼远眺，由近及远，由实到虚，并由此联想到故乡。思乡却不得传书，原因何在？从而逗出尾联，以战乱作结，将情感升华至家国之思，戛然而止。此诗与杜甫《登岳阳楼》在结构和情感走向上颇为近似，在意境和风格上却有所不同：杜诗悲壮，白诗悲戚；杜诗雄浑，白诗绵渺；杜诗开阔，白诗深沉。这不但是二人之间的差异，也跟盛唐与中唐的差异有关。

1　危楼：高楼。

2　沆寥(xuè liáo)：空旷清朗。

3　陈蔡：陈州、蔡州，今河南淮阳、汝南。元和年间，淮西吴元济叛乱，朝廷派兵，于陈、蔡一带转战三年，方始平定。

# 元和十二年淮寇未平 [1] 诏停岁仗 [2]

## 愤然有感率尔成章

闻停岁仗轸皇情 [3]，应为淮西寇未平。
不分气从歌里发 [4]，无明心向酒中生 [5]。
愚计忽思飞短檄，狂心便欲请长缨 [6]。
从来妄动多如此，自笑何曾得事成？

一方面"百无一用是书生"（黄景仁《杂感》），一方面"位卑未敢忘忧国"（陆游《病起抒怀》）。战乱频仍，以致岁仗都要暂停，激起书生的一腔愤慨和热血，却只能在诗文中倾诉、在酒杯中消磨。偶发痴狂，想要自请长缨，奋战沙场，但这不过是轻率妄动罢了，诗人自知成不了大事。最后两句陡转，看似自我嘲笑，但细究起来，却有着另外一番面貌：长达三年之久的淮寇未平，正需有志之士平复；文人却多不能施展抱负，拯救国民，只能沉醉诗酒，心念神动。两相对比，诗人对当政者的不满与愤慨不言而喻。

1　淮寇：指淮西吴元济叛乱。

2　岁仗：每年元日朝会时所用的仪仗。

3　轸（zhěn）：悲痛，忧虑。

4　不分（fèn）：同"不忿"，不忿，不平。

5　无明：佛教语，意思是愚痴心。

6　请长缨：用西汉终军请缨出使南越故事。

# 庾楼新岁 [1]

岁时销旅貌，风景触乡愁。
牢落江湖意，新年上庾楼。

　　登高望远，多有所思。此诗反之，因有所思，方登庾楼，即此可见此诗构思之新颖与深刻，非同凡响。首句写羁旅之艰，"销"字活脱形象地刻画了旅人疲惫的形象；次句写因眼前景而思乡，正所谓"年年渐见南方物，事事堪伤北客情"（《送客之湖南》），与故乡迥异的一草一木，都牵动诗人对家乡的思念之情；第三句进而写身世之悲，遭受贬谪后的漂泊江湖之感；末句整合以上三层意思，以"新年上庾楼"作结，又因"新年""登楼"，可知其悲愁变得更为浓厚，邈然意远，堪称"篇终接浑茫"（杜甫语）的典范之句。三句言情，且深得承、转之妙，末句收之，在五绝中别是一法。

1　庾楼：庾亮楼，东晋时庾亮在江州所建，被誉为"九江第一楼"。

# 大林寺桃花 [1]

人间四月芳菲尽，山寺桃花始盛开。
长恨春归无觅处，不知转入此中来。

　　山下已是春花落尽的孟夏，山寺中桃花才刚刚盛开。如此强烈的反差，诗人并未深究缘由，而是径直写出自己的惊喜：以为春天一去不复返，原来她就悄悄地跑到大林寺了。从而揭示了这样一个深刻的哲理：这深山中桃花的生命力，要远比尘世人间的桃花更强大。全诗不事雕琢，平淡自然，充满了情调和理趣。苏轼的"百舌无言桃李尽，柘林深处鹁鸪鸣。春色属芜菁"（《望江南》），辛弃疾的"城中桃李愁风雨，春在溪头荠菜花"（《鹧鸪天》），与此诗用意相同。

1　大林寺：在庐山大林峰，与东林寺、西林寺并称庐山"三大名寺"，相传为晋代僧人昙诜所建。

# 建昌江[1]

建昌江水县门前，立马教人唤渡船。
忽似往年归蔡渡[2]，草风沙雨渭河边[3]。

　　陌生的渡口场景，对诗人来说却似曾相识，仿佛回到渭河边上的蔡渡。这横亘城边的江水，这须呼唤渡船的渺远江流，这江草青青、银沙漫漫、微风拂面、细雨迷蒙的场景是建昌江耶？是渭河耶？抑或蔡渡耶？诗人已然不分。此诗造语平实无奇，一味直说，"忽似"凌空一转，拓开境界，将现实和回忆巧妙叠加、融合，透露出诗人对贬谪生活的不满、对渭上生活的怀念。末句以景语作结，将思绪牵回故乡，余情袅袅，惹人遐思。

1　建昌江：盖指今江西修河，又名修水。
2　蔡渡：在渭河南岸，因汉孝子蔡顺而得名。
3　渭河：即渭水，黄河支流。

## 西河雨夜送客

云黑雨翛翛[1]，江昏水暗流。
有风催解缆，无月伴登楼。
酒罢无多兴，帆开不少留。
唯看一点火，遥认是行舟。

----

　　雨中送别，大抵意兴阑珊。"楚雨含情皆有托"（李商隐《梓州罢吟寄同舍》），云黑江暗，有风无月，更加重了冷落凄凉的气息。此诗紧扣诗题，着力描写了雨夜暗淡的景色和萧瑟的情怀。首句写云和水，阴冷潮湿的环境折射出离别的悲伤。颔联、颈联写饯别，都说风月无边，此时却有风无月，写尽了送别的失落与索然，所以"无多兴""不少留"。尾联以江中一点渔火作结，诚为妙笔：灯火愈孤愈微，愈见其夜深雨密，前程遥杳难测，别情余韵，袅袅无绝。杜甫有诗云"野径云俱黑，江船火独明"（《春夜喜雨》），盖为此诗所本。

----

1　翛（xiāo）翛：雨声。

## 编集拙诗成一十五卷因题卷末
## 戏赠元九李二十[1]

一篇《长恨》有风情[2]，
十首《秦吟》近正声[3]。
**每被老元偷格律**[4]，元九向江陵日，尝以拙诗一轴
赠行，自是格变。
**苦教短李伏歌行**[5]。李二十尝自负歌行，近见予乐
府五十首，默然心伏。

世间富贵应无分，身后文章合有名。
莫怪气粗言语大，新排十五卷诗成。

　　通篇切"戏赠"之题，一气贯注，自负豪率之情溢于言表，
绝无半点扭捏造作之态：首联开门见山，点出得意之作，如飞
来之语，振起全篇，虽是白评却被历代所公认，诚为确评；颔
联开始戏言，充满戏谑，点出格律、歌行是其当行；颈联戏言
身后事，狂傲之中透出无比自信；尾联补充颈联，写到诗作的
多产与用心，"气粗"之中充满自豪之情。然而，自负语却是
苦心语，"世间富贵应无分"泄露了诗人内心的苦恼：建功立
业而不得，只能退而求其次，著作等身，终老一生。此诗对自
我创作的剖析和自觉，也为后世白诗研究提供了一种思路。

——

1　元九：见《赠元稹》注。李二十：李绅，见《代书诗一百韵寄微之》注。

2　《长恨》：《长恨歌》。风情：唐时多特指男女之情。

3　《秦吟》：《秦中吟》，是白居易创作的一组反映长安社会生活的讽喻诗。正声：雅正之声。

4　格律：指诗的气格和声律。

5　歌行：乐府诗体的一种，以七言、杂言句式为主。

# 问刘十九[1]

绿蚁新醅酒[2]，红泥小火炉。
晚来天欲雪，能饮一杯无？

——

生活无处不诗意，信手拈来便是诗。短短二十字，既是诗，又是一封深情的短札。那新酿的美酒，烧得正热的小火炉，都令人惬意，令人温暖，但如若没有亲朋共饮，则终难足雅兴，所以逼出后二句：邀朋友前来，共度这欲雪之夜。绿酒、红炉，点出邀友的亲切，又无富贵俗气之感；"天欲雪"更衬出绿酒、红炉的可亲可爱；"一杯无"三字妙，"一杯"透出了诗人邀友的迫切，"无"则以设问声口，留下悠长余韵。

——

1　刘十九：嵩阳处士，名字不详。
2　绿蚁：新酿的酒还未滤清时，表面浮起酒渣，色绿如蚁，称为"绿蚁"。醅（pēi）：酿造。

# 醉中对红叶

临风杪秋树[1]，对酒长年人[2]。
醉貌如霜叶，虽红不是春。

---

　　垂暮之年多自伤之作，诗人却将自伤藏在自我解嘲之后，读来莞尔却又止不住悲伤。首句写秋树，次句写老人，既是实景，又是映射，描摹了一幅秋树老翁临风饮酒图，衰飒气息扑面而来。第三句跳出一转，写到醉中老翁，面色红润，宛若霜后红叶般娇艳，一扫沉沉老气。结句妙，嘲霜叶实际在自嘲，虽偶有生气，但老迈之年毕竟与少年时不同。这解嘲是世事洞明之后的豁达与开朗，却透露出类似绝望般的哀伤。苏轼"儿童误喜朱颜在，一笑那知是酒红"（《纵笔》），脱胎此诗。

---

1　杪（miǎo）秋：晚秋。
2　长年：老年。

# 夜送孟司功[1]

浔阳白司马[2]，夜送孟功曹[3]。
江暗管弦急，楼明灯火高。
湖波翻似箭，霜草杀如刀。
且莫开征棹[4]，阴风正怒号。

———

送行多写凄凄别情，此诗稍有不同，不说不忍离别，而说
秋风江波之险恶，以行路之艰险劝说行人且慢些离去。首联
开门见山，介绍了送行的主与客，并点出主题"夜送"，总领全
篇；颔联承首联而下，写夜送场景，"暗""急""明""高"自
有一种峭拔萧飒的气息；颈联转写行路之艰险，"翻似箭"写
波浪翻滚迅速，"杀如刀"写秋霜寒峭锋利；尾联顺势而下，
直言"且莫开征棹"，又以秋风之阴冷凛冽作结，暗示前途的险
恶，含不忍离别之情于言外。辛弃疾"江头未是风波恶，别有
人间行路难"（《鹧鸪天·送人》），又将此景此情发挥到极致。

———

1　孟司功：名不详。

2　浔阳：即江州，今江西九江。白居易时任江州司马。

3　功曹：官名，西汉始置。唐时，在府的称为功曹参军，在州
　　的称为司功。

4　征棹（zhào）：远行的船。棹，船桨，此处指船。

# 答微之

微之于阆州西寺[1]，手题予诗。予又以微之百篇，题此屏上。各以绝句，相报答之。

君写我诗盈寺壁，我题君句满屏风。
与君相遇知何处，两叶浮萍大海中[2]。

　　元稹被贬通州，白居易被贬江州，虽远隔万里，友情却丝毫不减，常"通江唱和"。此诗首二句叙述了互相题写诗句之事，看似平常，却饱含了相互倾慕、刻骨相思的深情。后二句，写及相见的渺茫：他们各自过着浮萍一样的人生，就像在大海中漂泊，居无定所，更不知何时相见。其中，蕴含了对友人相聚的渴望，也道出了人生飘零四处、不由自主的无奈。浅切自然，真情流露，易读却不易学。

1　微之：见《赠元稹》注。阆州：今四川阆中、苍溪一带。
2　浮萍：常用来比喻人的漂泊不定。

# 李白墓

采石江边李白坟[1]，绕田无限草连云。
可怜荒陇穷泉骨[2]，曾有惊天动地文。
但是诗人多薄命[3]，就中沦落不过君[4]。

　　要说咏李白的诗篇，艺术上大抵难以超越杜甫的《梦李白》《春日忆李白》。此诗与杜甫当时当世之情感不同，仅借李白墓抒发"诗人薄命"之感，主题明快。"笔落惊风雨，诗成泣鬼神"（杜甫《寄李十二白二十韵》），李白生前文章惊天动地，身后却坟居江边，与荒草为伴。"可怜""曾有"，生前身后强烈的反差与对比，沦落之意已深蕴其中；末二句点明凭吊感伤的主题，直抒其意。此诗另一版本最后多出二句："渚苹溪藻犹堪荐，大雅遗风已不闻。"多称为后人增补，盖欲将感伤升华，加深加重诗的内涵。

1　采石：采石山，一名牛渚山，在太平州当涂县（今安徽马鞍山南）北三十里。采石山下有李白衣冠冢。

2　穷泉：九泉，墓中。

3　但是：凡是，只要是。

4　就中：其中。

# 题岳阳楼[1]

岳阳城下水漫漫，独上危楼凭曲栏。
春岸绿时连梦泽[2]，夕波红处近长安。
猿攀树立啼何苦，雁点湖飞渡亦难。
此地唯堪画图障[3]，华堂张与贵人看。

"洞庭天下水，岳阳天下楼"，临洞庭水，必会写到岳阳楼，如"气蒸云梦泽，波撼岳阳城"（孟浩然《望洞庭湖赠张丞相》）；登岳阳楼，也必会写到洞庭水，"吴楚东南坼，乾坤日夜浮"（杜甫《登岳阳楼》）。而岳阳楼最著名的诗篇莫过于范仲淹的"先天下之忧而忧，后天下之乐而乐"。白居易则以七律写岳阳楼远望，极力铺张春水初涨、岳阳楼与洞庭湖连成一片、广袤无垠的浑茫景象。尾联可谓收得精警，"唯堪"二字写及洞庭之险，"张与贵人看"与"近长安"等语相联系，透露出诗人身世飘零之慨。

1  岳阳楼：在今湖南岳阳西门城头，紧靠洞庭湖畔。
2  梦泽：即云梦泽，古时指江北为云泽，江南为梦泽。唐时，一般称洞庭湖为云梦。
3  图障：指绘有图画的屏风、屏障。

# 入峡次巴东[1]

不知远郡何时到[2]，犹喜全家此去同。
万里王程三峡外[3]，百年生计一舟中。
巫山暮足霑花雨[4]，陇水春多逆浪风。
两片红旌数声鼓[5]，使君舻艓上巴东[6]。

　　"巴东三峡巫峡长，猿鸣三声泪沾裳"（郦道元《水经注》
引），途经三峡的白居易却多了一分淡定。此诗情感跌宕，趣
味盎然。首联先忧后喜，"喜"为诗眼。颔联写路途之艰辛，
却少了一分惊险，第四句语浅意深，暗含身世飘零之感。颈
联"霑花雨""逆浪风"看似实写，但谁都不难体味道其中的
弦外之音。尾联写刺史的气派，将全诗拉回"喜"的结局。此
二句有气色，虚张声势又有点神采奕奕，不禁让人猜测诗人心
理：诗人因升迁赴任和全家同往，是有些许欢快呢？还是出
行气势和官员态度让他感到世态炎凉，进而嘲讽呢？或许兼
而有之。

1　峡：此处指西陵峡、巫峡、瞿塘峡三峡，东起湖北宜昌，西至
重庆奉节，绵延七百里。次：临时住宿。巴东：县名，在今湖北
巴东西北。

2　远郡：此处指忠州，辖巴东。

3　王程：朝廷规定的上任期限。

4　巫山：在今重庆东北，东邻巴东，西接奉节。

5　红旌、鼓：刺史仪仗。

6　使君：汉时对刺史的称呼。艫（lóu）：有楼的大船。艓（dié）：

小船。

# 夜入瞿塘峡[1]

瞿塘天下险，夜上信难哉。
岸似双屏合，天如匹帛开。
逆风惊浪起，拔篊暗船来[2]。
欲识愁多少，高于滟滪堆[3]。

　　如果说上首诗诗眼为"喜"字，此诗诗眼则为"愁"字。瞿塘峡本就是天险，何况夜晚在峡谷中赶路？诗人一开始就发出这样的感叹。而后围绕"夜入"，集中笔墨描述了峡谷险恶。白天或许能观察两岸和水中情况，夜晚却只能感觉到两岸像屏风相合，天空像布帛裂开的狭缝。风浪相涌，逆风而上，除了要避开水中暗礁，还要预防来往的暗船，实在令人胆颤。如此艰险，怎能不愁？这"愁"不仅因为路险，还有身世之慨，"况吾时与命，蹇舛不足恃"（白居易《初入峡有感》）。尾联比喻新颖独特，贴切形象。

1　瞿塘峡：又名夔峡，过瞿塘峡而入巴蜀，在三峡中最为雄伟险峻。

2　篊（niàn）：竹索。暗船：指船经过时静不发声。过瞿塘峡有"船不发声，飨荐神庙"的习俗。

3　滟滪(yàn yù)堆：在瞿塘峡口江心，又名犹豫石。秋冬水枯，上水船则因水位太低，极易触礁。夏季水涨，行船下水，分厘之差便会船沉人亡。

# 种桃杏

无论海角与天涯，大抵心安即是家。
路远谁能念乡曲，年深兼欲忘京华¹。
忠州且作三年计²，种杏栽桃拟待花。

人们常念苏轼的"此心安处是吾乡"（《定风波》），却少有人知道此句本白居易诗。诗人开门见山，点出"心安即是家"的乐观与旷达。后四句围绕首联的"轻快"，写到诗人遗忘故乡，在忠州种起桃杏，并努力经营。果真如此吗？"大抵""谁能""兼欲""且作"等虚词，泄露了诗人的内心，这不过是漂流他乡、久不归家的自我安慰，不过是重返故乡前姑且为之的耐心等待。此诗前后联为单行，中联对仗，常被奉为六句三韵律正体。

1  年深：年久。京华：京城。
2  忠州：今重庆忠县。

# 竹枝词四首（其一）[1]

瞿唐峡口水烟低[2]，白帝城头月向西[3]。
唱到竹枝声咽处，寒猿暗鸟一时啼。

　　曲本无情人多情。一首《竹枝曲》，本是吟咏风土人情或
男女爱恋的民歌，刘禹锡填词明快晓畅，白居易填词却哀怨
断肠，盖因当时情绪不同吧。此诗描摹了竹枝词声音，极尽悲
凉：首句写竹枝声回荡之处水烟弥漫，次句写听取竹枝声之
时晓月西垂，自然转到竹枝声音之悲咽，末句以鸟猿听竹枝惊
啼作结，让人不禁想到鸟兽如此，何况人乎？哀声袅袅，余韵
无穷。民歌贵朴质而不俚俗，此诗便是一个范例。清王渔洋
的"断雁哀猿和竹枝"（《戏仿元遗山论诗绝句三十二首》其
三十一），大约脱胎于此。

1　竹枝词：为巴渝间民歌，由刘禹锡、白居易等拟作后演变为
一种诗体。
2　瞿塘峡：见《夜入瞿塘峡》注。
3　白帝城：在今重庆奉节瞿塘峡口的白帝山上，由汉代公孙
述所建。

# 闺怨词三首（其二）

珠箔笼寒月[1]，纱窗背晓灯。
夜来巾上泪，一半是春冰。

　　再富丽奢华的生活，也不能掩饰心中的哀怨。主人公入夜却不能入眠，眼见寒月升起，又慢慢残落，最后只剩一盏晓灯相伴，才惊觉已快天亮。以巾拭泪，却发现泪水有一半已经凝结成了冰。首二句"珠箔""纱窗"写出富贵，"笼寒月""背晓灯"却透出寒冷凄凉的气息。末句尤妙，用"一半春冰"来暗示了主人公一夜未睡，独自流泪；又暗示了春寒料峭，主人公内心更是冰冷。真是"心中万种思量，口中无数暗语"，都被"心孔如丝"的诗人写到。

1　珠箔（bó）：即珠帘。

# 南浦别 [1]

南浦凄凄别，西风袅袅秋。
一看肠一断，好去莫回头。

———　"黯然销魂者，唯别而已矣！"（江淹《别赋》）前两句叙
事写景。首句突出分别的特殊空间"南浦"，次句突出分别的
特殊时间秋天。第三句连用两个"一"，既是写行人也是写送
行之人，将双方依依惜别的情态逼真地描述出来。末句是诗
人的殷殷叮咛，看似平淡，却立意新奇，既写出了担心行人忧
伤过度，又不希望行人看出自己忧伤的心情，还有一路珍重
之意。唐时皇甫曾《淮口寄赵员外》"相望知不见，终是屡回
头"，与此诗皆用情至深之语。

———　1　南浦：南面的水滨，常用来代指送别之所。浦（pǔ），水边。

# 紫薇花

丝纶阁下文书静[1]，钟鼓楼中刻漏长[2]。
独坐黄昏谁是伴？紫薇花对紫微郎[3]。

　　黄昏当值，中书省一片静谧与安详，周遭万物仿佛都舒展开来，跟诗人慢慢感受时间的流逝。后二句一问一答，以"紫薇花"谐音"紫微郎"，既表现了人与花默然相对相知的情景，又表达了一种百无聊赖的闲情。至于此诗的深层内涵，则惹人猜测：或许感慨苦无知音，踽踽于险恶的官场；或许有感于官场中消磨岁月，一事无成；或许感伤暮年晚景，孤独无依。恰是这些不确定性，才造就了此诗的深沉含蓄。诗人著有七律《紫薇花》，首二句"紫薇花对紫微翁，名目虽同貌不同"，以紫薇花自喻，可与此诗参读。

1　丝纶阁：指中书省，古时朝廷拟诏的机构。
2　钟鼓楼：长安大明宫中有钟鼓楼。刻漏：古时计时工具。
3　紫微郎：中书舍人。唐开元元年（713）改中书省为紫微省，中书令为紫微令，中书舍人为紫微舍人。中书省内常植紫薇花。

# 后宫词

泪湿罗巾梦不成，夜深前殿按歌声。
红颜未老恩先断，斜倚熏笼坐到明[1]。

也许与年老色衰而失宠的宫女相比，诗中主人公的遭遇还没有那么悲凉。但也正因为青春尚在，所以她才更加幽怨。全诗不借物寓悲，直书其事，层层深入，写尽主人公的无尽忧伤。先写孤枕难眠，独自啜泣；再写君王前殿欢歌，一悲一喜见出君王薄情寡恩；第三句则以红颜未老，写出了主人公"怨"；末句"斜倚""到明"，将这幽怨无限延展开来。诗人经世之才未用而遭贬的经历与此诗宫女酷似，或许这里有意借他人之口，抒发自己的怨愤和哀伤。

1　熏笼：有笼覆盖的熏炉，可以熏香，也可以烘干衣物。

# 夜　筝

紫袖红弦明月中，自弹自感暗低容[1]。
弦凝指咽声停处[2]，别有深情一万重。

《夜筝》与《琵琶引》对照，可见诗人体物入微及用语贴切："紫袖红弦明月中"与"东船西舫悄无言，唯见江心秋月白"；"自弹自感暗低容"与"琵琶声停欲语迟"；"弦凝指咽声停处"与"冰泉冷涩弦凝绝"；"别有深情一万重"与"别有幽情暗恨生"，都有神通之处，一简一繁，各臻其妙。此诗前二句写乐师演奏情态，却已见出玲珑意态、袅袅深情；第三句一转，写"声停"却以"弦""指""声"三个意象、三重停止来抒写，顿挫中逼出末句的悠长余韵、不尽余情。

1　低容：低头。
2　弦凝指咽：形容音乐的终止。

# 勤政楼西老柳[1]

半朽临风树，多情立马人。
开元一株柳[2]，长庆二年春[3]。

　　绝句最能见出诗人功力。此诗短短四句，二十个字，四个名词短语，两组对仗，却活画出一幅临风立马、对柳伤情的图景，流露出对人生无常和历史兴衰的深层感慨。前二句以树和人对举，将"半朽"和"多情"互文，移情入树，半世飘零之感昭然若揭，令人怆然泪下。后二句以开元和长庆对举，以"柳""春"呼应"半朽"，将一分国运沧桑、世事无常之感蕴含其中，真可谓"不着一字，尽得风流"。绝句也有全用对句者，如杜甫"两个黄鹂鸣翠柳"（《绝句》），却少见全用名词短语者，足见诗人匠心独运。

1　勤政楼：在长安兴庆宫南，唐玄宗时建，因楼额题有"勤政务本之楼"而得名。

2　开元：唐玄宗年号（713—741）。

3　长庆：唐穆宗年号（821—824）。

## 喜张十八博士除水部员外郎 [1]

老何殁后吟声绝 [2]，虽有郎官不爱诗。

无复篇章传道路，空留风月在曹司 [3]。

长嗟博士官犹屈，亦恐骚人道渐衰。

今日闻君除水部，喜于身得省郎时 [4]。

好友张籍官职升迁，白居易甚至比自己升迁还要高兴，诗题一"喜"字便贯穿全篇。唐人颇推许何逊，杜甫称"能诗何水曹"（《北邻》）；白居易又称自何逊后，郎官中再无诗人。颔联敷衍第二句，顺势而下，极力铺写郎官乏人，亟待有才之士充实其中。颈联与颔联相应，写及张籍文采卓越，恰是郎官所需之人，自然道出末句名副其实之"喜"。全诗八句一气呵成，自然条畅。中二联各句虚词作头，如"无复""空留""长嗟""亦恐"等，使得此诗有如说话，毫不忸怩滞涩。

1　张十八博士：张籍，字文昌，排行十八，中唐著名诗人，与王建同以乐府诗著称，号"张王乐府"。本年由国子博士迁为水部员外郎。除：除官，授官。

2　老何：南朝梁何逊，字仲言，曾官尚书水部郎，有"何水部"之称。

3 曹司：官署，诸曹郎中职司所在。

4 身：自己。省郎：尚书省郎官。

# 暮江吟[1]

一道残阳铺水中，半江瑟瑟半江红[2]。
可怜九月初三夜，露似真珠月似弓[3]。

　　俯仰之间，得一缕闲情；顾盼之中，见一番美景。残阳斜照，映得江水一半碧绿一半殷红；新月渐上，宛若一张小巧亮丽的弓；江草青青，缀满了晶莹碧绿的露珠。"残阳""水""月""露"四个意象，总括了暮江晚景的奇美。一"铺"字，形象地写出夕阳与地平线已近平齐的感觉；"半江瑟瑟半江红"真实地再现了江面一瞬间呈现的两种颜色变化，被历代诗家所称赞。第三句以"可怜"作为诗眼，写出诗人对大自然的喜悦、热爱之情。

1　吟：古代诗歌的一种形式。
2　瑟瑟：一种宝石，澄澈碧绿，此处指江水所呈碧色。
3　真珠：即珍珠。

# 寒闺怨

寒月沉沉洞房静[1]，真珠帘外梧桐影[2]。
秋霜欲下手先知，灯底裁缝剪刀冷。

　　拟思妇口吻之作，多借固定意象如铜镜、衾枕、云鬟等抒写愁闷。此诗别出机杼，细腻描摹了一个趁夜裁剪秋衣的思妇形象，富有生活气息。全诗突出一"寒"字：月"寒"沉沉如坠，幽深的洞房本就凉意十足，着一"静"字更见寒意；"秋霜"欲下之时，握着剪刀的玉手就已感到寒意。天寒不免想到征戍在外的丈夫，思妇趁夜裁衣就变得理所当然、亲切可感。诗人通篇不提思妇之怨，却以天寒、手寒写出心中之怨，平凡而新鲜，自然而可感。

1　洞房：高大而深邃的房屋。
2　真珠：见《暮江吟》注。

# 采莲曲

菱叶萦波荷飐风¹，荷花深处小船通。
逢郎欲语低头笑，碧玉搔头落水中²。

女儿多情少年郎，古乐府歌辞多写此种题材。诗人以《采莲曲》这一乐府旧题，仿乐府创作此诗，尤为清新可喜。前二句描写了采莲女在荷花深处穿梭采莲，微风拂过水面，荷叶翩翩舞动，"萦""飐""通"三词让整幅画面动感十足。后二句声色俱全，诗人抓住采莲女遇情郎腼腆又害羞的情态，"最是那一低头的温柔"让人心动不已。落入水中的碧玉搔头，在读者心中荡起层层涟漪。体会人情之深，把握细节之精，让此诗读来如见其人、如闻其声。

1　飐(zhǎn)：颤动，摇动。
2　搔头：古代女子头饰。

# 商山路有感 [1]　并序

前年夏，予自忠州刺史除书归阙[2]。时刑部李十一侍郎、户部崔二十员外亦自澧、果二郡守征还[3]，相次入关，皆同此路。今年，予自中书舍人授杭州刺史，又由此途出。二君已逝，予独南行。追叹兴怀，慨然成咏。后来有与予、杓直、虞平游者，见此短什，能无恻恻乎？倘未忘情，请为继和。长庆二年七月三十日，题于内乡县南亭云尔[4]。

> 忆昨征还日，三人归路同。
> 此生都是梦，前事旋成空。
> 杓直泉埋玉[5]，虞平烛过风[6]。
> 唯残乐天在，头白向江东。

几次往来商山路，世事变迁人不同。想当年一起征还的三人，在商山踌躇满志，欢欣鼓舞，如今自请外放又过商山，却只剩我一白头老者踽踽独行，悲痛地悼亡。这如何不令诗人产生人生如梦、往事随风的感慨。尾联"唯残""头白"二词，足伤人心，逝去的不仅是友人的生命，还有他们共同的抱负和未竟的事业。这与诗人另一首商山诗"万里路长在，六年身始归。所经多旧馆,太半主人非"(《商山路有感》)相比,在感慨世事外,又多加了一层自伤情绪,更觉痛彻心扉。

1　商山:在商州(今陕西商州),唐时为长安赶赴南方必经之路。

2　忠州:见《种桃杏》注。

3　李十一侍郎:李建,字杓直,排行第十一。崔二十员外:崔韶,字虞平,排行二十二。澧:澧州,今湖北澧县,因澧水贯穿全境而得名,隋开皇年间置。果:果州,今四川南充,因南充城西有盛产黄果的果山而得名。

4　内乡县:在今河南西南部。

5　泉埋玉:此处指李建去世。

6　烛过风:此处指崔韶去世。

## 夜泊旅望

少睡多愁客，中宵起望乡。
沙明连浦月，帆白满船霜。
近海江弥阔，迎秋夜更长。
烟波三十宿[1]，犹未到钱塘[2]。

从长安出发，历经三十多个日夜，还没有到达杭州。这一路的艰辛与疲惫，不禁让诗人身心俱疲。此诗围绕"夜""望"，寓情于景，表达了苦于行旅、思念家乡的烦恼。首联直言因行旅之艰，而"少睡""多愁"，只好坐起"望乡"，总起下四句。颔联以"沙""月""帆""霜"四个意象，营造出澄澈寒肃的意境。颈联以江阔对夜长，又写回羁旅之愁，逗出尾联。尾联妙，与首联呼应但不重复，以口语般的叨念结束全篇，且思致绵绵。

1  宿(xiǔ)：夜。
2  钱塘：指杭州。

# 舟中晚起

日高犹掩水窗眠，枕簟清凉八月天[1]。
泊处或依沽酒店，宿时多伴钓鱼船。
退身江海应无用，忧国朝廷自有贤。
且向钱塘湖上去[2]，冷吟闲醉二三年。

　　退身江海，日高犹眠，沽酒钓鱼，对酒吟诗，闲度有涯之余生。此诗笔调几乎都集中在闲适的吏隐生活中：首联写舟中晚起之"闲"，三句顺势敷衍，四句稍作轻衬；五六句写闲的缘由，七八句再次重申生活之"闲"。但诗人真的甘于"冷吟闲醉"的生活吗？这生活令他感到快乐吗？"且向"一词透露出诗人的真正心思，无非郁郁不得志、聊且度余生的无奈之举。"忧国朝廷自有贤"，与老杜《自京赴奉先县咏怀五百字》所云"当今廊庙具，构厦岂云缺"同一机杼，都从侧面抒发了生不逢时、不被所用的无奈与愤懑。

1　枕簟（diàn）：枕席，卧具。
2　钱塘湖：杭州西湖。

# 钱塘湖春行[1]

孤山寺北贾亭西[2]，水面初平云脚低。
几处早莺争暖树，谁家新燕啄春泥？
乱花渐欲迷人眼，浅草才能没马蹄。
最爱湖东行不足，绿杨阴里白沙堤[3]。

此诗虚实相间，物我交融：首联实写水云；次联虚写莺燕，"几处""谁家"，灵动而贴切地写出早春光景；颈联实写花草，"渐欲""才能"写出了春意由淡到浓的变化；尾联虚写，留足想象空间，令人回味。白居易的诗以浅易生动著称，此一特点不仅体现在古体诗中，也体现在格律严谨的律诗之中，这是他对诗歌发展的重大贡献。且看此诗对仗何等工稳巧妙，又何等平易自然，好像句句皆信手拈来，若没有绝大的语言功力，是很难达到此种境界的。这正所谓"看似寻常最奇崛，成如容易却艰辛"（王安石《题张司业诗》）。

1　钱塘湖：见《舟中晚起》注。
2　孤山寺：初名永福寺，后改名广化寺，在西湖孤山上。贾亭：贾公亭，在西湖，唐贞元年间（785—805）贾全建造。
3　白沙堤：即今白堤，又称沙堤，在西湖东畔。

# 西湖晚归回望孤山寺赠诸客[1]

柳湖松岛莲花寺[2]，晚动归桡出道场[3]。
卢橘子低山雨重[4]，栟榈叶战水风凉[5]。
烟波淡荡摇空碧，楼殿参差倚夕阳。
到岸请君回首望，蓬莱宫在海中央[6]。

　　一路旖旎风光，回眸处，才发现最美在湖中。诗人从出孤山寺起，至回望孤山寺结，宛若一篇优美的游记，写尽西湖人间仙境般的美景。荡舟湖上，看到满山低垂熟透的枇杷，山雨过后尤显沉重；棕榈叶子阔大，清风拂来，抖落水珠，溢出一片清凉。惬意的景色中，处处洋溢着勃勃生机。"低""重""战""凉"，炼字入微，精警可喜。五、六句实为回望之景，"烟波"即为末句"海"、"楼殿"即为末句"宫"，提前描写，再以"请君"倒结，不费笔墨，境界全出，真如画境。

1　孤山寺：见《钱塘湖春行》注。

2　柳湖：指西湖，因湖畔多植柳而得名。松岛：指孤山。莲花寺：佛寺的通称。

3　归桡（ráo）：归船。桡，船桨。道场：原指佛成道之所，后借指供佛祭祀或修行学道的处所，此处指孤山寺。

4　卢橘：即枇杷。

5　栟榈（bīng lú）：木名，即棕榈。

6　蓬莱宫：传说海上有蓬莱、方丈、瀛洲三神山，上有宫阙。

# 杭州春望

望海楼明照曙霞[1]，城东楼名望海楼。

护江堤白蹋晴沙。

涛声夜入伍员庙[2]，柳色春藏苏小家[3]。

红袖织绫夸柿蒂[4]，杭州出柿蒂花者尤佳也。

青旗沽酒趁梨花。

其俗酿酒趁梨花时熟，号为梨花春。

谁开湖寺西南路，草绿裙腰一道斜。

孤山寺路在湖洲中[5]，草绿时望如裙腰。

　　晨起登楼，遥望西湖，是为此诗。八句全写春望，前六句一句一景，后二句又为一景，不刻意承接照应，一径写去，自有韵度。三四句炼句炼字，"夜入""春藏"极写望中之景，悲壮浑茫中透出多情妩媚；五六句写风土人情，六句尤为自然，在一例摹景中写到人事，为读者展示了西湖亲切、人性的一面；七句设问一转，总括前六景，带出末句，直将西湖比喻为一个身着绿裙腰的妙龄女子，自得春气。苏轼"欲把西湖比西子，淡妆浓抹总相宜"（《饮湖上初晴后雨》），或从此诗脱化。

1　望海楼：又名东楼，在杭州府治内。

2　伍员庙：在杭州吴山。伍员，伍子胥，春秋时人，吴王夫差听信谗言，终致其亡。相传，伍员死后化为涛神。

3　苏小：苏小小，相传为南齐时钱塘名妓。

4　柿蒂：绫的一种花纹。

5　孤山寺路：在孤山之下，北有断桥，南有西林桥，其西为里湖。

# 余杭形胜[1]

余杭形胜四方无，州傍青山县枕湖。
绕郭荷花三十里[2]，拂城松树一千株[3]。
梦儿亭古传名谢，州西灵隐山上有梦谢亭[4]，即是
杜明浦梦谢灵运之所，因名客儿也。
教妓楼新道姓苏。苏小小[5]，本钱塘妓人也。
独有使君年太老，风光不称白髭须[6]。

　　"上有天堂，下有苏杭"，与以园林著称的苏州不同，杭州之美多来自得天独厚的自然风光。此诗脉络井然，集中笔墨描述了余杭的自然风光和人文风貌：首句呼应诗题，次句将形胜具体化为傍"山"枕"湖"；三四句顺承而下，以广袤的荷花和青松，写尽余杭的特色风光；五六句换笔，转向余杭人文繁盛；尾联将笔墨从景中宕开，以白须使君衬出余杭的年轻秀美，也流露出人生暮年的遗憾和些许忧伤。全诗不作警句，如耳语呢喃，颇为可亲。

1　余杭：杭州。

2　绕郭荷花：此处代指西湖。

3　拂城松树：指万松岭，在杭州和宁门外西岭，夹道栽松。

4　梦谢亭：东晋谢灵运，小名客儿。因传说其家不宜子，小时便寄养在钱塘杜明禅师处。杜明禅师夜梦东南有贤人相访，次日谢灵运至，便命亭为梦谢亭。

5　苏小小：见《杭州春望》注。

6　髭（zī）须：胡子。

# 江楼夕望招客

海天东望夕茫茫，山势川形阔复长。
灯火万家城四畔，星河一道水中央。
风吹古木晴天雨，月照平沙夏夜霜。
能就江楼销暑否？比君茅舍校清凉[1]。

　　雪夜邀饮，暖意绵绵，是《问刘十九》；暑夜招客，风生胁下，则是此诗。此诗以一"望"字总领全篇，前六句写江楼夕望之景，铺排颇有章法。首联为极目远望，海天一色，暮色沉沉。次联写出万家灯火点缀大江南北，星河闪烁劈空流向大海，以典型的意象造就了澎湃气势，令读者直接感受到"阔复长"之态，足见诗人功力。颔联写近景，风吹古树宛若沙沙雨声，月照平沙有如夏夜白霜，声色俱备，颊背生凉。尾联写夕望所感，切合诗题"招客"；作一设问，又以人情点化风景，盘活全篇。

1　校：同"较"，比较，较为。

### 江楼晚眺景物鲜奇吟玩成篇
### 寄水部张员外 [1]

淡烟疏雨间斜阳，江色鲜明海气凉。

蜃散云收破楼阁[2]，虹残水照断桥梁。

风翻白浪花千片，雁点青天字一行。

好著丹青图写取，题诗寄与水曹郎。

———  雨散云消，大江如洗，一派澄明。遥望海天之际，海市蜃楼逐渐退去，天边彩虹慢慢消残，似梦似幻的美景在那一瞬间集中出现，真堪称奇。诗人用一种轻松愉快、新鲜好奇的笔调，描述了江楼晚眺的美景，将雨后彩虹尚存、海上幻境欲散的刹那精彩摄取留存在诗中，给读者一种如画又如仙境般的审美感受。此诗前三联写景物之鲜奇，写实景力求清新，写幻景力求迷离，写水上之景力求开阔，写空中之景力求高远，层层铺设，令人玩味。末联立意，或为宋代柳永《望海潮》"异日图将好景，归去凤池夸"所本。张籍后来寄诗称"乍惊物色从诗出，更想工人下手难"(《答白杭州郡楼登望画图见寄》)，对此诗大加赞赏。

———  1  水部张员外：张籍，时任水部员外郎。

2　蜃（shèn）：大蛤。古人以为海上空气因日光折射出的幻
景是蜃吐气而成，即海市蜃楼。

## 霓裳羽衣歌　和微之<sup>1</sup>

我昔元和侍宪皇<sup>2</sup>，曾陪内宴宴昭阳<sup>3</sup>。
千歌百舞不可数，就中最爱《霓裳舞》。
舞时寒食春风天，玉钩栏下香案前。
案前舞者颜如玉，不著人家俗衣服。
虹裳霞帔步摇冠<sup>4</sup>，钿璎累累佩珊珊<sup>5</sup>。
娉婷似不任罗绮，顾听乐悬行复止<sup>6</sup>。
磬箫筝笛递相搀，击拨弹吹声逦迤<sup>7</sup>。

凡法曲之初，众乐不齐，唯金石丝竹次第发声。

《霓裳》序初亦复如此。

散序六奏未动衣，阳台宿云慵不飞<sup>8</sup>。

散序六遍无拍，故不舞也。

中序擘騞初入拍<sup>9</sup>，秋竹竿裂春冰坼<sup>10</sup>。

中序始有拍，亦名拍序。

飘然转旋回雪轻<sup>11</sup>，嫣然纵送游龙惊<sup>12</sup>。
小垂手后柳无力<sup>13</sup>，斜曳裾时云欲生。

四句皆《霓裳舞》之初态。

烟蛾敛略不胜态，风袖低昂如有情。
上元点鬟招萼绿<sup>14</sup>，王母挥袂别飞琼<sup>15</sup>。

许飞琼、萼绿华，皆女仙也。

繁音急节十二遍，跳珠撼玉何铿铮[16]。

《霓裳曲》十二遍而终。

翔鸾舞了却收翅，唳鹤曲终长引声。

凡曲将毕，皆声拍促速。唯《霓裳》之末，长引一声也。

当时乍见惊心目，凝视谛听殊未足。

一落人间八九年，耳冷不曾闻此曲。

溢城但听山魈语[17]，巴峡唯闻杜鹃哭[18]。

予自江州司马转忠州刺史。

移领钱塘第二年[19]，始有心情问丝竹。

玲珑箜篌谢好筝[20]，陈宠觱篥沈平笙[21]。

清弦脆管纤纤手，教得霓裳一曲成。

自玲珑已下，皆杭之妓名。

虚白亭前湖水畔[22]，前后只应三度按[23]。

便除庶子抛却来[24]，闻道如今各星散。

今年五月至苏州，朝钟暮角催白头。

贪看案牍常侵夜[25]，不听笙歌直到秋。

秋来无事多闲闷，忽忆《霓裳》无处问。

闻君部内多乐徒[26]，问有霓裳舞者无？

答云七县十万户，无人知有《霓裳舞》。

唯寄长歌与我来，题作《霓裳羽衣谱》。

四幅花笺碧间红[27]，《霓裳》实录在其中。

千姿万状分明见，恰与昭阳舞者同。

眼前仿佛睹形质，昔日今朝想如一。

疑从魂梦呼召来，似著丹青图写出。

我爱《霓裳》君合知，发于歌咏形于诗。

君不见，我歌云，惊破《霓裳羽衣曲》。

《长恨歌》。

又不见，我诗云，曲爱《霓裳》未拍时。

钱塘诗云[28]。

由来能事皆有主，杨氏创声君造谱[29]。

开元中，西凉府节度杨敬述造。

君言此舞难得人，须是倾城可怜女。

吴妖小玉飞作烟[30]，夫差女小玉死后，形见于玉，其母抱之，霏微若烟雾散空。

越艳西施化为土[31]。

娇花巧笑久寂寥，娃馆苎萝空处所[32]。

如君所言诚有是，君试从容听我语。

若求国色始翻传，但恐人间废此舞。

妍蚩优劣宁相远，大都只在人抬举。

李娟张态君莫嫌，亦拟随宜且教取。

娟、态，苏妓之名。

　　"意态由来画不得"（王安石《明妃曲》），不仅美人难画，乐舞亦如此。白居易则细致入微地描摹出音乐与舞蹈的表演、教习与流传，又不囿于此，写乐舞同时带出自己的人生际遇与交谊，常为后世称赞。

　　一开始，此诗便详细铺叙了《霓裳羽衣舞》曲的节奏和舞姿，甚至对具体节拍的演奏和舞蹈动作的变更都以诗意的语言出之，如在目前，动人心魄。"千歌百舞不可数，就中最爱《霓裳舞》"、舞者"不著人家俗衣服""凝视谛听殊未足"三处铺垫，将舞曲烘托得更加神妙。"当时乍见惊心目"至"闻道如今各星散"，以无暇听乐叙及自己的仕途变更。"一落人间八九年"下四句，写尽贬谪外放的凄苦心境。"今年五月至苏州"至"似著丹青图写出"，以元稹寄谱叙二人交谊。"我爱《霓裳》君合知"至末，将《霓裳羽衣舞》作结，总束全篇。

　　此诗堪称一篇序记，层次分明又环环相扣，情致缠绵又一唱三叹，不啻为一篇优秀的叙事诗。尤其诗中对《霓裳羽衣舞》的铺写，不但为读者带来艺术享受，也为唐时乐舞留下了珍贵史料。

1　霓裳羽衣：唐舞曲名。见《长恨歌》注。微之：见《赠元稹》注。时任浙东观察使、越州刺史。

2　元和：见《新丰折臂翁》注。宪皇：指唐宪宗。白居易在宪宗朝曾任左拾遗、翰林学士。

3　昭阳：汉昭阳殿，此借指唐宫。

4　虹裳霞帔（pèi）：形容舞者服装的华美。帔，披肩。步摇：一种头饰，上有垂珠，行步则摇。

5　钿璎：金花、贝片、玉珠等串成的饰物。累累：下垂的样子。珊珊：形容玉佩撞击的响声。

6　乐悬：钟、磬等乐器悬挂演奏的制度。

7　击、挒（yè）、弹、吹：乐器的各种演奏方法。挒，用手指按压。逦迤（lǐ yǐ）：同"迤逦"，绵延不断。

8　阳台宿云：出自宋玉《高唐赋》，见《花非花》注。

9　擘騞（bò huō）：劈裂分开，此处指劈裂的声音。

10　坼（chè）：开裂。

11　回雪：形容舞姿如雪轻柔回旋。

12　游龙：形容舞姿婀娜婉转。

13　小垂手：一种垂手而舞的姿态。

14　上元：道教女仙上元夫人，居住三重天宫中的上元宫。萼绿：道教女仙。

15　王母：西王母。飞琼：道教女仙，西王母的侍女。

16　铿铮：形容乐音清脆响亮。

17　溢城：见《登香炉峰顶》注。山魈（xiāo）：传说为山中独脚精怪。

18　巴峡:此处指长江三峡。杜鹃:杜鹃鸟,鸣声哀切。

19　钱塘:杭州。白居易曾于长庆二年(822)出任杭州刺史。

20　玲珑:姓商,与谢好、陈宠、沈平均为杭州乐妓。箜篌
(kōng hóu):一种弹拨弦鸣乐器。

21　觱篥(bì lì):又作筚篥,亦名筚管,一种簧管乐器。

22　虚白亭:又名虚白堂,在杭州府治内。

23　按:演奏。

24　庶子:此处指太子左庶子,白居易于长庆四年(824)五月
除太子左庶子分司东都,离杭州赴洛阳。

25　案牍:公案文书。

26　君:此处指元稹。

27　花笺:印有花样的精美信纸。

28　钱塘诗:即白居易的《重题别东楼》。

29　杨氏:杨敬述,曾为河西节度使。相传《霓裳羽衣曲》为
杨敬述所献,经唐玄宗改编而成。

30　小玉:见《长恨歌》注。

31　西施:越国女子,越王勾践将其献给吴王夫差,夫差为她
修姑苏台。

32　娃馆:馆娃宫,春秋时吴王夫差为西施所建,在今江苏苏
州灵岩山上。苎(zhù)萝:山名,在今浙江杭州萧山苎萝村,
据说西施出于此。

## 小童薛阳陶吹觱篥歌 [1] 和浙西李大夫作 [2]

剪削干芦插寒竹，九孔漏声五音足[3]。
近来吹者谁得名？关璀老死李衮生[4]。
衮今又老谁其嗣？薛氏乐童年十二。
指点之下师授声，含嚼之间天与气。
润州城高霜月明[5]，吟霜思月欲发声。
山头江底何悄悄，猿鸟不喘鱼龙听。
翕然声作疑管裂[6]，詘然声尽疑刀截[7]。
有时婉软无筋骨，有时顿挫生棱节[8]。
急声圆转促不断，轹轹辚辚似珠贯[9]。
缓声展引长有条，有条直直如笔描。
下声乍坠石沉重，高声忽举云飘萧[10]。
明旦公堂陈宴席，主人命乐娱宾客。
碎丝细竹徒纷纷，宫调一声雄出群。
众声㧗缕不落道[11]，有如部伍随将军。
嗟尔阳陶方稚齿，下手发声已如此。
若教头白吹不休，但恐声名压关李。

——　　此诗极尽笔墨，铺叙了薛阳陶觱篥技法的高超和乐音的
美妙，章法有致。诗人先铺叙了觱篥及名家师承，然后才隆重

推出小童薛阳陶,铺叙他的演奏。全篇最精彩的部分就是对乐音的刻画:先描写演奏前"月""霜""猿鸟""鱼龙"的反映,侧面烘托薛阳陶技艺卓绝;接着正面刻画小童觱篥声,乐音刚柔相济、缓急有致、高低顿挫,节节变,声声换,极尽腾挪之势,精彩纷呈;最后写及觱篥乐音一出,其他乐器"有如部伍随将军",笔力峭拔苍劲,别出高格。与《琵琶行》一样,在描写音乐效果时多用比喻,且直观易晓,如"疑管裂""疑刀截""似珠贯""石沉重""云飘萧"等,无丝毫艰涩沉重之语,极易从各种感觉上生发对听觉的感知。全篇流丽圆转,灵动跳脱,备受传诵。

1　薛阳陶:李德裕乐童,后曾为浙右小校。觱篥:见《霓裳羽衣歌》注。卷芦为头,截竹为管,出于胡地,有九孔,其声悲凄。

2　浙西李大夫:李德裕,字文饶,时任浙西团练观察使、润州刺史。李德裕原作已佚。

3　五音:指宫、商、角、徵、羽五声音阶。

4　关璀(cuǐ)、李衮(gǔn):皆为当时著名乐器演奏家。

5　润州:今江苏镇江。

6　翕(xī)然:忽然,突然,形容乐音强烈的样子。

7　讪(qū)然:形容乐音截然终止。

8　棱节:指高昂的气节。

9　轹(lì)轹辚(lín)辚:象声词,形容觱篥乐音。

10　飘萧:飞扬的样子。

11　舰(luó)缕:形容乐音委曲有条理。

# 春题湖上

湖上春来似画图，乱峰围绕水平铺。
松排山面千重翠，月点波心一颗珠。
碧毯线头抽早稻，青罗裙带展新蒲[1]。
未能抛得杭州去，一半勾留是此湖[2]。

白居易在杭州刺史任上三年，西湖美景几被写尽。此诗别出心裁，以"湖"字起结，紧扣"湖上""春"，描绘了一幅西湖春景图。首句带出诗眼"画图"，总领全篇，次句先绘出图画的骨架。颔联点染前句，"排""点"令人想起绘画的点、染，以绘画板的语言体现出入眼极深的功力；"千重翠"与"一颗珠"相互映衬，更见出松山之茂密与月轮之珑玲。颈联别写湖边农事，以"碧毯线头"形容早稻之特出，实为一般人所道不出者；以"青罗裙带"形容新蒲之娇嫩，物态新出。尾联以不舍意作结，"一半勾留"总结画图美景及州民农事，留另一半任人猜想，也许留恋的还有吏隐的生活和对政治乱象的逃避。

1　蒲：菖蒲，多年生草本植物。
2　勾留：逗留，停留。

## 别州民 [1]

蓍老遮归路[2]，壶浆满别筵。
甘棠无一树[3]，那得泪潸然[4]？
税重多贫户，农饥足旱田。
唯留一湖水，与汝救凶年[5]。

今春增筑钱唐湖堤[6]，贮水以防天旱，故云。

—— 为官者常会因宦海浮沉而患得患失，却很少反思为百姓
真正做了哪些善事和实事。诗人尤为难得，他以与州民告别
这样少见的题材入诗，没有醉心于盛赞，而是以父母官般的慈
爱记叙了为官的不足与无奈，透露出离别的不舍与不安。州
民的欢送，令诗人感到忐忑，他想到了州民仍承担着重税，仍
忍受着旱灾和饥荒。虽然责不在我，但是否有这颗自责之心，
即可成为判断为官好坏的标尺。白居易的胸怀当为所有为官
者钦佩。最后他欣慰地指出幸好在任时，他还办了一件有利
于老百姓的事，或可救助旱灾。发语真切，感慨良深，毫不矫
情，更见出诗人坦荡的胸怀。"唯留"妙，既有欣慰又有不舍，
慈惠之意溢于言表，感人至深。

—— 1  州民：此处指杭州百姓。此诗为白居易杭州刺史任满归京

时所作。

2　耆老：此处指地方士绅。

3　甘棠：木名，即棠梨。相传召公常坐甘棠树下，决断政事，后常用甘棠喻勤于理政。

4　潸（shān）然：形容流泪的样子。

5　凶年：荒年。

6　钱唐湖：即西湖。白居易任上，为解旱灾，曾教民筑堤。

# 西湖留别

征途行色惨风烟,祖帐离声咽管弦[1]。
翠黛不须留五马[2],皇恩只许住三年。
绿藤阴下铺歌席,红藕花中泊妓船。
处处回头尽堪恋,就中难别是湖边。

　　题目不称"杭州留别"而称"西湖留别",或许要强调离别的刹那,西湖的万般美景,一朝都到眼前来。所谓"处处回头",实际是处处回忆,处处留恋。诗人用笔曲折,句句回旋顿挫,将离别不舍之意表现得婉转忧伤。首联先写征途漫漫,已含不忍离别之意;三句不写人别,反写翠黛留马,反衬人难别;四句写离别之快,满是留恋之意;五六句回到诗题,写及西湖,虚虚实实间流露了依恋之情;尾联以"回头"总结全篇,逼出"难别"之意。"皇恩只许三年住"与"一半勾留是此湖"(《春题湖上》)隔诗呼应,足见难别西湖之情。

1　祖帐:道旁设帐饯行。
2　五马:汉时太守乘车用五马驾辕,此代指白居易刺史的身份。

# 爱咏诗

辞章讽咏成千首，心行归依向一乘[1]。
坐倚绳床闲自念，前生应是一诗僧。

　　诗禅本一味。在香山居士白居易的心里，咏诗就是参禅，吟得辞章上千首，不过是在体悟、证实心中之道。"一乘"点出他心中之道乃佛理和禅道，"千首"则暗示了万法归一的真理本质。前二句从诗写到禅，充满了理趣，并透露出对真理的求索和执着；第三句一转，写及闲吟之态，其悠闲自得之意呼之欲出；末句逼出自己的前世猜想，三世轮回乃佛教之说，又从诗写到禅。此诗诗禅互证，将高深的禅理稀释在生活化的吟诗场景中，亲切可感，并耐人寻味。

1　一乘：佛教用语，指引导教化众生成佛的唯一方法或途径。

## 忆杭州梅花因叙旧游寄萧协律[1]

三年闲闷在余杭[2]，曾为梅花醉几场。
伍相庙边繁似雪[3]，孤山园里丽如妆[4]。
蹋随游骑心长惜，折赠佳人手亦香。
赏自初开直至落，欢因小饮便成狂。
薛刘相次埋新垄[5]，沈谢双飞出故乡[6]。

薛刘二客，沈谢二妓，皆当时歌酒之侣。

歌伴酒徒零散尽，唯残头白老萧郎。

宋人林逋隐居西湖，结庐孤山，梅妻鹤子，好不逍遥。其实，杭州之梅早在中唐便已闻名。不似林逋，此诗咏梅却又不拘于梅，以"赏自初开直至落，欢因小饮便成狂"截然二分，上篇忆梅、咏梅，下篇则叙旧游，落脚在诗友飘零、头白神伤。不论杭州梅花繁盛富丽，还是落花纷飞，以及那袅袅不尽的余香，每时每刻每个小细节都记在诗人心间，正所谓"赏自初开直至落"。物或是、人已非，梅花或许依旧在，人却飘零散尽。其中沉痛，只能与唯一在世的当时旧友叙说，真悲凉之至。

1　萧协律：萧悦，工书画，尤善画竹。曾为协律郎。
2　余杭：杭州。

3　伍相庙：伍员庙。见《杭州春望》注。

4　孤山：在西湖中稍西，一山耸立，旁无联附。

5　薛刘：薛景文、刘方舆。垄：坟冢。

6　沈谢：沈平、谢好。见《霓裳羽衣歌》注。

# 春　老[1]

欲随年少强游春，自觉风光不属身。
歌舞屏风花障上[2]，几时曾画白头人？

暮春晚景，常令人想到年老色衰。诗人不称人老，而说春老，用意颇为新奇。他在《欢喜偈》曾吟："得老加年诚可喜，当春对酒亦宜欢。"但游春之时，才发现自己是真的衰老了。"强"字流露出他不服老的倔强，次句"自觉"，又透露出身体衰老的消息。三四句转得有趣，用画来比写现实，自嘲热闹的光景中本就不应有老人的身影；与"强""自觉"相互呼应，展示了诗人思想变化的脉络。这种具有自知之明的自我解嘲，恰从另一方面体现了白居易的豁达性格。全诗语浅意浅，却透着真实和亲切，读来亦有味。

1　春老：晚春，暮春。
2　屏风：古时一种室内用于挡风的装饰性家具，上画有仕女或山水。障：步障，与屏风相类。

# 渡　淮

淮水东南阔[1]，无风渡亦难。
孤烟生乍直，远树望多圆。
春浪棹声急，夕阳帆影残。
清流宜映月，今夜重吟看。

　　此诗刻画了船渡淮水的促迫，展现了淮水壮阔而险恶的一面。首联既点出淮水愈行愈宽的景象，并以"渡难"来反衬；三四句尖新精警，明显脱化于"大漠孤烟直，长河落日圆"（王维《使至塞上》），但仍为眼前实景，读来别有一番趣味，真能体现江南春末夏初风少气暖、树叶茂密整齐的特点；颈联则以"急""残"点出题面"渡"，并与次句"渡难"相呼应；尾联承六句而下，遥想夜泊水边、赏月观水之情景。此诗炼字炼句，精心营造，骨力全出，殊为佳构。

1　淮水：淮河。

# 答客问杭州

为我踟蹰停酒盏，与君约略说杭州。
山名天竺堆青黛[1]，湖号钱唐写绿油[2]。
大屋檐多装雁齿[3]，小航船亦画龙头。
所嗟水路无三百，官系何因得再游？

　　要说有一个地方让白居易魂牵梦绕，那必定是杭州。在
杭州时，他痴迷湖山览胜；离开杭州，他时常追寻回忆。有人
问起杭州，他便想滔滔不绝。"约略"二字总领全篇：颔联拈
出杭州最有代表性的山川，还有记忆中"青""绿"的颜色，总
写杭州的秀美，饱蘸深情；颈联着重描写两个细节，即大屋檐
和小航船的装饰，写出杭州无一处不显现出精致之美，满怀好
奇和赞叹。"大屋檐多装雁齿，小航船亦画龙头"，小大对比，
足见诗人特有的敏感多情。二句节奏不依旧法的四字一住，
而是三二二节拍，为白诗风格。

1　天竺：天竺山，在杭州，盖为飞来峰别称。天竺山有天竺
三寺。
2　湖号钱唐：钱塘湖，即西湖。
3　雁齿：桥檐、屋檐下的装饰物。

# 故　衫

暗淡绯衫称老身[1]，半披半曳出朱门。
袖中吴郡新诗本[2]，襟上杭州旧酒痕。
残色过梅看向尽，故香因洗嗅犹存。
曾经烂熳三年著，欲弃空箱似少恩。

　　无事不可入诗。一件"故衫"，在白居易笔下翻出无尽情怀，真堪称奇。此诗全写故衫，无一句离之，却无一句滞之。衫外之意君须会：写故衫颜色暗淡，实际写着衫之人垂暮；写衫袖藏诗、衣襟酒痕，实际写着衫之人曾经历过的诗酒欢会；写故衫色香犹存，实际写着衫之人才华仍具；写主人对故衫的深情，实际写着衫之人对旧时岁月的怀念，并以自己多情映衬当政者之无情。全篇咏物亦感怀伤世，不假安排，不事雕琢，婉转委曲却又浑成熨帖。

1　绯（fēi）：深红色。
2　吴郡：即苏州。

# 东城桂三首并序（其三）

苏之东城，古吴都城也，今为樵牧之场。有桂一株，生乎城下。惜其不得地，因赋三绝句以唁之。

遥知天上桂华孤，试问常娥更要无[1]？
月宫幸有闲田地[2]，何不中央种两株？

诗人多务惊人句。老杜称："为人性僻耽佳句，语不惊人死不休。"（《江上值水如海势聊短述》）李清照也称："我报路长嗟日暮，学诗漫有惊人句。"（《渔家傲》）白诗虽不致力于此，却偶得之，此诗便如此。因惜桂树不得其处，所以大胆假想，想问问嫦娥是否有意移栽。后二句进一步劝说，言月宫地域广大，不妨增加一株。与老杜《一百五十夜对月》"斫却月中桂，清光应更多"、辛弃疾《太常引》"斫去桂婆娑，人道是、清光更多"相比，更显多情。有人说此诗以东城桂树自喻，以月宫喻朝廷，"试问"嫦娥实际是自请用贤。或有其意。

1　常娥：即嫦娥，传说为后羿之妻，因吃了后羿盗回的不死之药而奔月成仙。

2　月宫：又称广寒宫，传说是嫦娥的宫殿，其中种有一株桂花树。

# 早发赴洞庭舟中作

阊门曙色欲苍苍[1]，星月高低宿水光。
棹举影摇灯烛动，舟移声拽管弦长。
渐看海树红生日，遥见包山白带霜[2]。
出郭已行十五里，唯销一曲慢《霓裳》[3]。

　　桨动舟移，红日宛若从海树间慢慢生出，渐渐能看清洞
庭山上的白霜。正是日出刹那的光景，诗人一语道出，如在目
前。此诗围绕"曙色"展开描述，造语生新，呈现了日出前后
江上美景。不直接写天上星月错落，而写其映在水中之倒影。
"海树红生日"造语峭拔，"红"乃日光所照的结果，但诗人把
"红"作为"海树"的修饰语，直加在"海树"之上。烛火摇动，
使桨声灯影更加朦胧；管弦幽咽，使舟行船移更显漫长。尾
联上句写行舟快，下句写曲调长，所谓"景不醉人人自醉"，反
差中见出一种悠闲纡徐。这正是苏州温润柔情的一面。

1　阊（chāng）门：苏州古城之西门，因传说中天门之阊阖而
得名。

2　包山：洞庭西山古称，太湖中最大岛屿。

3　《霓裳》：《霓裳羽衣曲》，见《长恨歌》注。慢：大曲长调。

## 泛太湖书事寄微之[1]

烟渚云帆处处通，飘然舟似入虚空。

玉杯浅酌巡初匝[2]，金管徐吹曲未终。

黄夹缬林寒有叶[3]，碧琉璃水净无风。

避旗飞鹭翩翩白[4]，惊鼓跳鱼拔剌红[5]。

涧雪压多松偃蹇[6]，岩泉滴久石玲珑。

书为故事留湖上，所见胜景，多记在湖中石上。

吟作新诗寄浙东。

军府威容从道盛，江山气色定知同。

报君一事君应羡，五宿澄波皓月中。

　　泛舟太湖，耳畔管弦悠悠，手中杯觥交错，已是盛事。举目四望，又发现秋景宜人。"黄夹缬林寒有叶"下六句，一句一事，刻画了舟中所见秋景：两岸黄叶，一潭澄碧，白鹭翻飞，红鱼起跃，雪压青松，泉滴翠石。良辰美景，赏心乐事，怎能不寄予浙东友人？人说浙东军府威严，友人自然不能像诗人这般潇洒闲适，此番寄上新诗，分享盛事之余，更欲勾出友人无限情怀。"黄夹缬林寒有叶，碧琉璃水净无风"二句，分别为三二二节奏，工致新巧，颇得赞誉。

1　太湖：在苏州西，古称震泽、五湖。微之：见《赠元稹》注。

2　匝（zā）：一周，绕一圈。

3　夹缬（xié）：唐代印花染色的方法，用此方法印花的锦、绢等丝织物也叫夹缬。

4　翩翩：上下飞动的样子。

5　拨剌（là）：形容鸟飞鱼跃的声音。

6　偃蹇（yǎn jiǎn）：屈曲的样子。

# 正月三日闲行

黄鹂巷口莺欲语[1]，乌鹊河头冰欲销[2]。

黄鹂，坊名。乌鹊，河名。

绿浪东西南北水，红栏三百九十桥。

苏之官桥大数[3]。

鸳鸯荡漾双双翅，杨柳交加万万条。

借问春风来早晚，只从前日到今朝。

春来仅三日，已令满城声色变化一新。诗人惊喜地报告春天的到来，用了大量篇幅来描述初春的声与色：黄莺啼叫，河水冰消，绿浪映红桥，分外妖娆。首句以黄鹂巷口的黄莺发声，仿佛要用春声急切地叫醒沉睡的人们；次句的乌鹊河总领下四句，写到了河水、水上之桥、水中鸳鸯、水边杨柳，正是用无边春水来写春色诱人；后二句设问作结，用人春还短对比春色已浓，留无尽春意于诗外，令人遐想。"绿浪"一联总括苏州园林而不滞，颇为高妙。

1  黄鹂：坊名，在苏州。

2  乌鹊：河名，在苏州。

3  大数：约数。

# 夜 归

半醉闲行湖岸东，马鞭敲镫辔珑璁[1]。
万株松树青山上[2]，十里沙堤明月中[3]。
楼角渐移当路影，潮头欲过满江风。
归来未放笙歌散，画戟门开蜡烛红[4]。

半醉微醺，放马湖边。首联二句十四字，便塑造了一个悠闲自得、骑马闲行的太守形象。而后二联，切合骑马夜归的主题，移步换景，圆转流畅，将湖边夜景囊括诗中：掠过万松成荫的青山，穿过明月当空的沙堤，越过跟着月亮移动的楼影，冲过大潮欲来的阵阵江风。尾联写夜归官府，笙歌未散，蜡烛独红，一股寂寞悄然爬上心头。与"笙歌归院落，灯火下楼台"（白居易《宴散》）一样，于繁华之中同蕴冷清孤寂的味道。"楼角"联有新意，片刻光景写入诗中，足见诗人的敏感多情。

1 镫（dèng）：挂在马鞍两旁供脚登的物件。珑璁（lóng cōng）：同"璁珑"，明净的样子。

2 青山：指万松岭，在杭州东南的凤凰山上，夹道栽松。

3 沙堤：见《钱塘湖春行》注。

4 画戟门：唐时官府门前多列戟，以为仪饰。

## 六月三日夜闻蝉

荷香清露坠，柳动好风生。
微月初三夜[1]，新蝉第一声[2]。
乍闻愁北客，静听忆东京[3]。
我有竹林宅，别来蝉再鸣。
不知池上月，谁拨小船行？

从来思乡都写乡愁之苦，此诗却不同，不见愁苦只见对家乡之景的遥想，一片空明清爽的气氛，反倒衬托出乡愁绵邈。此诗一"清"字可总括全篇，荷花、清露、扶柳、微风、新月、新蝉、第一声、竹林、池上月、小船，这所有的意象以一种避重就轻的方式组合在一起，透出诗人精神追求上的清雅。"新蝉第一声"尤为高绝，以第一声蝉鸣点动全篇，盘活全诗，所有意象骤然灵动跳脱起来。晏殊"绿树新蝉第一声"，盖脱胎于此。"不知池上月，谁拨小船行"，想象新颖，令人生出无限遐想。

1　微月：指农历月初的月亮。
2　新蝉：初夏的鸣蝉。
3　东京：唐时常称洛阳为东京。

# 自　喜

自喜天教我少缘[1]，家徒行计两翩翩[2]。
身兼妻子都三口，鹤与琴书共一船。
僮仆减来无冗食，资粮算外有余钱。
携将贮作丘中费[3]，犹免饥寒得数年。

是放弃还是坚持，这是一个问题。最佳情形莫过于放弃了本该放弃的，坚持着本该坚持的。白居易是这样吗？他自得欣慰：生活上有妻女陪同，僮仆不多却已足够，除了必要开销还稍有余资；精神上有鹤与琴书相伴，因稍有余资，还可偶尔享受山闲水静的时光。只是诗人将这归结为"天教少缘"，虽表面上说是自喜，读来却辛酸：想必如果依着他自己的信念和理想过活，应该不是这般蜷缩在安逸的小日子中吧！此诗言俗事却不俗气，通篇议论，以文为诗，已开宋调。

1　少缘：少因缘，此处指与富贵荣华少缘分。
2　家徒：家人，家属。翩翩：欣喜自得的样子。
3　丘中费：指隐居之资。

# 醉赠刘二十八使君[1]

为我引杯添酒饮[2]，与君把箸击盘歌[3]。
诗称国手徒为尔[4]，命压人头不奈何[5]。
举眼风光长寂寞，满朝官职独蹉跎[6]。
亦知合被才名折[7]，二十三年折太多[8]。

诗名卓著，满身才华，却只能眼见他人风光无限，独自无可奈何地等待。白居易对刘禹锡的人生如是观。其实何止友人，诗人也是如此遭遇，他愤懑不平，遂作此诗。全诗先写同情和不满，继而想要宽解，却无从下笔，只好将不幸的原因归结为盛名所累，归结为"文章憎命达"（杜甫《天末怀李白》），末句"二十三年折太多"又极尽诗人对友人遭遇的愤恨。"命压人头"和"满朝官职"二句尤令人扼腕叹息。刘禹锡和作为《酬乐天扬州初逢席上见赠》，"沉舟侧畔千帆过，病树前头万木春"，以积极向上的态度劝说着自己和白居易，或许能缓解白居易的愤恨。

1 刘二十八使君：刘禹锡，排行二十八。

2 引杯：举杯。

3 箸(zhù)：筷子。

4　国手：此处指国家最优秀的人才。徒为尔：白白努力。

5　不奈何：无可奈何。

6　蹉跎（cuō tuó）：光阴虚度。

7　折：折损，伤害。

8　二十三年：刘禹锡从唐顺宗永贞元年（805）至唐敬宗宝历二年（826，此诗作时），几乎一直外放。先因参与王叔文政治革新，被贬连州刺史、朗州司马，在元和十年（815）短暂召还后，又因惹怒当权者左迁，此年才从和州刺史任上召还，前后约二十二年。此称"二十三年"，是律诗协调平仄之需。

# 太湖石[1]

烟翠三秋色，波涛万古痕。
削成青玉片，截断碧云根[2]。
风气通岩穴，苔文护洞门。
三峰具体小[3]，应是华山孙[4]。

　　诗人神奇的想象，有时会超过造物者的鬼斧神工。此诗
不看题目，丝毫读不出这是一首咏石之作。通篇宛若描画奇
山，想象诡谲，风云变幻，叹为观止。首联以对句出之，却不
滞涩，一写石之色青，一写石之形奇，带出太湖石成因，开启
颔联；颔联具体描写了石的形成，"削成""截断"将波涛人
性化，强化了太湖石鬼斧神工的特色；颈联写赏鉴所感，宛若
风气相通，包罗万象；尾联点出石的微小精致，结句陡健有
力又雅趣十足，诗人独出机杼的想象力可见一斑。而这些匪
夷所思的想象，又不离瘦、皱、透、露的特质，如"削成""通岩
穴"，诡谲之中又不失真实。诗人著有《太湖石记》，可与此诗
参读。

　　1　太湖石：是四大玩石之一，出于太湖洞庭山。太湖石以生
水中者为贵，其色泽以白石为多，少有青黑石、黄石。石面鳞

皱，以瘦、皱、透、露称奇。

2　云根：深山云起之处，也指山石。

3　具体小：具体而微，形状相似但规模微小。

4　华山：西岳华山，在今陕西华阴。

# 履道春居[1]

微雨洒园林，新晴好一寻。
低风洗池面，斜日坼花心[2]。
暝助岚阴重[3]，春添水色深。
不如陶省事[4]，犹抱有弦琴。

---

　　"目送归鸿，手挥五弦"（嵇康《赠兄秀才公穆入军诗》之
一），已是人生佳境。若正值春暮，微雨新晴，低风拂面，夕阳
斜照，春花乍绽，春水澄碧，必当俯仰自得，嗟叹咏歌。颔联
体物入微，将风拂水面、日映花蕊的瞬间精准地刻画出，毫不
蹈袭前人。"洗面""坼心"充满了理趣，惹人深思。"春添水
色深"，新巧灵动，尤其是"添"字，将春拟人，并赋予了生机活
力。末句以有弦琴翻案，似有所寄：是说自己难以摆脱世俗
牵绊？还是说自己对禅理领悟难以心照？或许还有其他？

---

1　履道：洛阳履道坊，白居易东归洛阳，在此购宅。

2　坼(chè)：裂开。

3　暝(míng)：黄昏。岚(lán)：山间雾气。

4　陶：陶渊明，晋末诗人。据说他不解音乐，却有无弦琴一
张，友朋酒会，便会抚琴。

## 寄殷协律 [1]　多叙江南旧游

五岁优游同过日，一朝消散似浮云。

琴诗酒伴皆抛我，雪月花时最忆君。

几度听鸡歌白日，亦曾骑马咏红裙。

予在杭州日有歌云："听唱黄鸡与白日。"又有诗云："著
红骑马是何人？"

吴娘暮雨萧萧曲 [2]，自别江南更不闻。

江南吴二娘曲词："暮雨萧萧郎不归。"

江南故人，五年同游，怎能不情同手足？分手后回想，倍
觉凄凉。此诗自比"浮云"，笔执两端，一面遥想当年诗酒欢
会，一面写如今对友人的思念。全诗意脉腾挪，旋折渐进，最
后转向凄凉。首句总写旧事，次句写分手；三四承次句而来，
又暗含当时风花雪月般的生活，思意渐浓。日本将"雪月花"
作为惯用语，泛指自然界所有美丽的景物，可见此句高度的概
括性，何况还有更高雅的"琴诗酒"与之相对？五六七回应首
句，写及江南优游之事；末句跌出，用不闻曲写不见友人，其
中有"不能"亦有"不忍"之意，思意已切。

1　殷协律：殷尧藩，嘉兴人，曾为协律郎。

2　吴娘：吴二娘，杭州名妓。

# 杏园花下赠刘郎中[1]

怪君把酒偏惆怅，曾是贞元花下人[2]。
自别花来多少事，东风二十四回春。

　　杏园花开依旧，重游故地，却百般惆怅。诗人单拈出"怪君"一意，将离别的忧伤与思念寄予友人。"多少"二字沉郁，二十四年的分别，不说各自仕途的坎坷，不说各自家人的零落，就是这杏园的花朵都几历寒暑、几经风雨。花如此，人更不堪：贞元年间，中第赏花，意气风发；如今，岁月改变了模样，磨平了果敢与锐气。惆怅何止"怪君"，以上这些都是伤心的理由。正如诗人在《曲江有感》中说的："曲江西岸又春风，万树花前一老翁。遇酒逢花还且醉，若论惆怅事何穷？"

1　杏园：在长安朱雀门街东第三街通善坊，和曲江相连，唐时为新进士宴游之所。刘郎中：刘禹锡，时自和州刺史除主客郎中分司东都。
2　贞元：唐德宗李适的年号（785—805）。白居易、刘禹锡都是贞元年间进士。

# 华州西 [1]

每逢人静惰多歇，不计程行困即眠。
上得篮舆未能去 [2]，春风敷水店门前 [3]。

　　春日迟迟，风和水丽。诗人漫不经心地游赏，从华州西行到华州东，要离开，方惊觉春风拂水格外动人，让人流连无尽，不忍离去。此诗别是一格，看似百无聊赖，率意为之，却隐无限春光在笔端，惹人遐想。前三句一直在写诗人，所谓"酒困路长惟欲睡"（苏轼《浣溪沙》），随性而至，欲睡便睡，待醒转时却不愿离去。读者不禁会问诗人何至如此——原来春景留人。此以一句景语倒结三句情语，他人笔意难到，颇为绝妙。

1　华州：唐时辖境约在今陕西华县、华阴、潼关等县。
2　篮舆(yú)：古时由人抬着行走的一种交通工具，形制不一。
3　敷水：在华州东，水出罗敷谷。

# 春　词

低花树映小妆楼[1]，春入眉心两点愁[2]。
斜倚栏干臂鹦鹉，思量何事不回头[3]？

——　无限春光吹不动寂寞的心，美貌依旧为何只留下无声的
背影？一句"思量何事不回头"，道出心中无尽哀愁。诗人深
谙"此时无声胜有声"之美，只一味写出眼前光景，径直点出
"春愁"入眉更入心，无聊时把玩鹦鹉，却在某一瞬晃神沉思，
是为此诗。她沉思什么？将沉思多久？诗人未道，读者想来
却是万种情思涌上心头。刘禹锡曾有《和乐天春词》，以春景
浓丽衬托少妇孤寂，与此诗各有擅场。有说称此二诗因春初
政事变化而作，有反讽之意，可备一说。

——　1　妆楼：古时女子居住的楼房。
　　　2　眉心：指双眉之间。
　　　3　不回头：写思量之专注。

## 送敏中归豳宁幕[1]

六十衰翁儿女悲，傍人应笑尔应知。
弟兄垂老相逢日，杯酒临欢欲散时。
前路加餐须努力，今宵尽醉莫推辞。
司徒知我难为别[2]，直过秋归未讶迟。

　　垂老相逢本应杯酒临欢，却又分别在即，这不禁牵出诗人深沉萧索的身世之感。此诗题目是送别，但首联只说自己衰老，似乎无关离别；颔联方由老写到离别，这离别因诗人暮年格外令人感伤；颈联写到离别时的殷殷叮嘱，"努力加餐饭"，亲切而真实，又饱含深情；尾联承"今宵尽醉"而来，却又呼应首联，表面写不要因为酒醉而担心，节度使会给"我"薄面，实际却是感慨老来仍"傍人应笑"的悲情。全诗清空如话，一味直叙，却恻恻动人。

1　敏中：白敏中，白居易从弟，字用晦。时在邠宁幕。豳(bīn)宁：即邠(bīn)宁，唐方镇名，治所在邠州(今陕西彬州)。
2　司徒：古时掌管土地户籍的官职，此处特指时任邠宁节度使的李听。

# 宴　散

小宴追凉散，平桥步月回。
笙歌归院落[1]，灯火下楼台。
残暑蝉催尽，新秋雁带来。
将何迎睡兴？临卧举残杯。

　　酒宴盛况固然热烈，文人也多重于此，可是白居易却摘出
宴散后的题材入诗，写尽"热闹是它们的，我什么也没有"般
的凄凉。此诗从"散"处运笔，写豪华落尽后平桥步月、残暑
蝉鸣、新秋雁来的冷清之景，却又无时无刻不聚焦宴会本身的
豪奢；一句"笙歌归院落，灯火下楼台"便透露出一种雍容华
贵的气象，无怪晏殊称此诗为真富贵语；尾联写"众人皆醉我
独醒"（《楚辞·渔父》），诗人醒不独因凄清之景，更因对世事
盛极而衰、人生不过如此等的伤感。

1　笙歌：指奏乐唱歌。

# 魏王堤 [1]

花寒懒发鸟慵啼，信马闲行到日西。
何处未春先有思，柳条无力魏王堤。

岁暮凄寒，诗人却绵渺深情，因为他看到了初春的消息。
虽然春花懒发，春鸟慵啼，但柳条已洋溢着春的气息，不再那
么干枯锋利，而是无力轻柔地低垂着。"无力"二字，精准地
描述了柳树"未春先有思"的情状，与刘禹锡的"秋水清无力"
（《罢和州游建康》），都是体物至深之语。此诗说柳条有春思，
实际是诗人先有了"春思"，所以他才看出春犹"未春"这一特
殊时段的风光，足见其对事物观察的细致与个性的敏感多情。

1　魏王堤：指洛水在洛阳城内的一段堤坝，因唐太宗曾赐予
魏王李泰为苑囿，故称魏王堤。堤上植有大量垂柳。

# 晚桃花

一树红桃亚拂池[1]，竹遮松荫晚开时。

非因斜日无由见，不是闲人岂得知。

寒地生材遗校易[2]，贫家养女嫁常迟。

春深欲落谁怜惜，白侍郎来折一枝[3]。

　　春花都落尽，一树晚桃灼灼开。此诗全从"晚"字生出，步步深入，层层曲折：首联写晚桃生长之所的隐蔽；颔联承首联而下，写及发现晚桃的偶然与困难，进一步点染烘托；颈联又承前二联而下，从环境的隐蔽、贫瘠着眼，用寒地材、贫家女作喻，写出桃花晚开的原因；有前三联的铺垫，对晚桃花的欣赏与同情自然流露出来，是为尾联。"寒地生材"句蕴意深远，总括良士不遇的重要原因，既是对良士的安慰，又是对当政者的提醒，其命意与《大林寺桃花》"人间四月芳菲尽，山寺桃花始盛开"相近。

1　亚：同"压"，压低。

2　校：同"较"，比较，较为。

3　白侍郎：诗人自称，白居易时任刑部侍郎。

## 阿　崔[1]

谢病卧东都[2]，羸然一老夫[3]。

孤单同伯道[4]，迟暮过商瞿[5]。

岂料鬓成雪，方看掌弄珠。

已衰宁望有，虽晚亦胜无。

兰入前春梦[6]，桑悬昨日弧[7]。

里闾多庆贺[8]，亲戚共欢娱。

腻剃新胎发[9]，香绷小绣襦[10]。

玉芽开手爪，苏颗点肌肤[11]。

弓冶将传汝[12]，琴书勿坠吾[13]。

未能知寿夭，何暇虑贤愚。

乳气初离壳，啼声渐变雏。

何时能反哺[14]，供养白头乌？

　　老年得子，自是人生幸事。此诗前八句，极为老健，首二联寥寥数语，刻画出诗人羸然无子的形象，"岂料""已衰"敷衍反复，写出暮年得子的惊喜；"腻剃"以下四联，写阿崔初生，端详入微，字字透着喜悦；写考量阿崔的人生，却又想到寿夭尚不能预知，何况其他？将诗人喜悦中的担心以及垂暮之年的理性描摹得逼真形象。此诗细腻多情的叙述，写尽了生子的得意,但温柔喜悦中却透着心酸,正切合诗人老而得子的心境,熨帖亲切,深挚动人。

1　阿崔:白居易之子,大和三年(829)生,三岁时卒。

2　东都:唐时以洛阳为东都。

3　羸(léi)然:瘦弱落拓的样子。

4　伯道:晋朝邓攸,字伯道,终生无子。

5　商瞿:春秋时鲁国人,四十而得子。

6　兰入前春梦:用春秋郑文公典,郑文公曾梦天帝之使赠兰,而后生穆公。

7　桑悬昨日弧:古礼,生男子当以桑木作弓、蓬草为矢,悬在门左。

8　里闾:里巷,乡里。

9　腻:腻发,细腻油亮的头发。

10　绷:束,包。襦(rú):短衣,短袄。一说幼儿围嘴。

11　苏:同“酥”,擦脸的油脂。

12　弓冶:造弓和冶金,比喻父子世代相传的事业。典出《礼记·学记》:“良冶之子,必学为裘;良弓之子,必学为箕。”

13　琴书:弹琴与写字,比喻父子世代相传的学业。

14　反哺:用乌鸦反哺典,据说乌鸦长大后,会为年迈的母亲觅食。

# 哭崔儿[1]

掌珠一颗儿三岁，鬓雪千茎父六旬[2]。
岂料汝先为异物，常忧吾不见成人。
悲肠自断非因剑，啼眼加昏不是尘。
怀抱又空天默默，依前重作邓攸身[3]。

刚经历老年得子的喜悦，却要感受白发人送黑发人的悲伤。诗人有如此遭遇，怎能不肝肠寸断！首联少儿与老父的强烈对比，写出老年丧幼子的格外忧伤；颔联两句当倒置，此种安排一是为形式妥帖，更是为表现诗人的悲不自胜；颈联宕开，不正面写悲伤，而是用"非因剑""不是尘"写自己哀伤之至；尾联更转凄凉，"怀抱又空"四句真令人伤绝，至此"天若有情天亦老"（李贺《金铜仙人辞汉歌》）。当年的"未能知寿夭"似成诗谶，与此诗对读，令人悲伤难抑。

1　崔儿：即阿崔，见《阿崔》注。
2　六旬：六十岁。
3　邓攸：见《阿崔》注。

## 新制绫袄成[1]感而有咏

水波文袄造新成[2]，绫软绵匀温复轻。
晨兴好拥向阳坐，晚出宜披蹋雪行。
鹤氅毳疏无实事[3]，木绵花冷得虚名[4]。
宴安往往欢侵夜，卧稳昏昏睡到明。
百姓多寒无可救，一身独暖亦何情？
心中为念农桑苦，耳里如闻饥冻声。
争得大裘长万丈，与君都盖洛阳城。

———　杜甫有诗云"安得广厦千万间，大庇天下寒士俱欢颜"（《茅屋为秋风所破歌》），文士良心多有如此者，白居易早年就曾有一首《新制布裘》，写道："稳暖皆如我，天下无寒人。"此诗主题大抵与上述二诗相同，但在叙述上更见细腻，不但表达出诗人的美好愿望，还呈现了诗人丰富的内心变化。从首句"绫袄轻暖"的雍容富贵，到"一身独暖"的自省与反思；再到对饥寒交迫的百姓的关注；最后才到"争得大裘""都盖洛阳"的愿望。这一愿望可与老杜"安得广厦千万间，大庇天下寒士俱欢颜"之博爱同垂不朽。而"心中为念农桑苦，耳里如闻饥冻声"二句，形象地写出白居易与民同甘共苦的博大胸怀，当成为所有官员亲民、惠民的座右铭。

1　绫（líng）：细薄而有花纹的丝织品。

2　水波文：绫的花纹如水波。

3　鹤氅：鸟羽做成的外套。毳（cuì）：鸟兽的细毛。疏：稀疏。无实事：名不副实。

4　木绵：即草棉（棉花），古亦称木绵。

# 酬李二十侍郎[1]

笋老兰长花渐稀，衰翁相对惜芳菲。
残莺著雨慵休啭，落絮无风凝不飞。
行掇木芽供野食，坐牵萝蔓挂朝衣。
十年分手今同醉，醉未如泥莫道归。

　　十年时间消磨了各自的锐气和青春，现在只剩衰老和闲情。"衰翁相对惜芳菲"，可是暮春花少叶长，黄莺慵懒，落絮不飞，一切有如主人公一样缓慢、衰残；后二联从前二联的感伤生出——那么姑且享受这分闲适，姑且消解这缕闲愁，都付美酒佳肴罢；末句从《诗经·湛露》"厌厌夜饮，不醉无归"脱胎，七言出之，自有一种风情。"落絮无风凝不飞"例被称颂，刻画出春日无风、落絮漫天、仿佛凝滞不动的情景，道出他人都见却未咏出之景。"坐牵萝蔓挂朝衣"，以眼前之景写出潇洒之情，更出人意表。

1　李二十侍郎：李绅，见《代书诗一百韵寄微之》注，曾为户部侍郎。

# 衰　荷

白露凋花花不残，凉风吹叶叶初干[1]。
无人解爱萧条境，更绕衰丛一匝看[2]。

　　"秋阴不散霜飞晚，留得枯荷听雨声"（李商隐《宿骆氏亭寄崔雍崔衮》），人人只看到秋荷的万种衰残，却很少看到她傲然挺立、静待枯萎的花枝和干叶。她不畏白露，因为她已枯残，白露再也伤害不到她；她也不畏秋风，因为秋风吹过，荷叶才刚见枯干。"更绕衰丛一匝看"，满眼珍惜，充满了对衰荷的欣赏与喜爱。这是诗人独到之处，没有对荷花衰残的过度渲染，更没有孤寂凄冷的情绪抒发，而是发掘了衰荷的无畏与坦然、孤傲与悲壮。这衰荷可能是诗人自喻，年迈却无畏而有尊严地活着，这或许又是人生的一种境界罢。

1　干：干枯。
2　匝：周，绕一圈。

# 香山寺二绝<sup>1</sup>

一

空山寂静老夫闲，伴鸟随云往复还。
家酝满瓶书满架，半移生计入香山。

二

爱风岩上攀松盖，恋月潭边坐石棱<sup>2</sup>。
且共云泉结缘境<sup>3</sup>，他生当作此山僧。

　　大抵中唐文人多写山寺孤寂，白居易笔下山寺静寂有之，却多了一分闲情。闲云野鹤，风月相伴，无怪诗人要"他生当作此山僧"了。此二首绝句，第一首可看作诗人晚年自述。首句写闲人和空山，次句承空山，后二句承闲人。佳酿满瓶，爱书满架，已将一半生计转入香山寺中，其潇洒适意之情自然流露，读之亦不禁陶醉。白居易自号"醉吟先生"盖本于此。第二首则道出诗人不仅在山寺醉吟，而且"半缘修道"，将信仰寓于闲情中，理趣盎然。

　　1　香山寺：在今河南洛阳香山西坳。香山位于洛阳南十三公里，因盛产香葛而得名。

2　稜(léng)：同"棱"。

3　结缘：彼此结交善缘，此处指与云泉以欢喜心相见、互相结交。

# 杨柳枝词八首（其四）¹

红板江桥青酒旗，馆娃宫暖日斜时²。
可怜雨歇东风定，万树千条各自垂。

　　从来杨柳随风，多写婀娜多姿的动态之美。此诗另辟蹊
径，独独关注"风定"那一瞬柳条柔顺低垂的安静模样。首句
铺垫周围场景，红板桥、青酒旗，艳丽的色彩中见出春景怡人；
次句点明时间，春日融融，夕阳晚照之时更有一种温暖静谧的
气息；第三句一转，将笔墨集中到雨歇风定之时，柳条的别样
风姿。此诗一味写景，不写情绪，却情调无限。尤其是后二
句，无意求工，而成绝调。诗人目光独具，直接道出，便风流无
数，情味悠然。

1　杨柳枝：又名《杨柳》《柳枝》，唐教坊曲名，后经白居易翻
为新曲。
2　馆娃宫：在江苏苏州灵岩山上，春秋时吴王夫差为西施
而建。

# 池上二绝（其二）

小娃撑小艇，偷采白莲回。
不解藏踪迹，浮萍一道开[1]。

　　童趣天然，贵在干净，直须写来，不必强为雕饰，便是一首好诗。诗中的小娃撑着小艇，偷偷采上一朵白莲，荡开水面浮萍。"偷采"在先，"不解"在后，互相映照，刻画出小娃天真淘气的模样，如在目前。那一闪而过的小艇，那一晃而过的浮萍水路，划过心际，宛若一股清流，荡涤胸怀。唐时胡令能《小儿垂钓》"蓬头稚子学垂纶，侧坐莓苔草映身。路人借问遥招手，怕得鱼惊不应人"，与此诗意趣相同。

1　浮萍：一种水面浮生植物。

## 九年十一月二十一日感事而作 [1]

其日独游香山寺 [2]

祸福茫茫不可期，大都早退似先知。

当君白首同归日 [3]，是我青山独往时。

顾索素琴应不暇 [4]，忆牵黄犬定难追 [5]。

麒麟作脯龙为醢 [6]，何似泥中曳尾龟 [7]？

有人说，甘露之变时白居易恰在洛阳，故而作此幸灾乐祸之诗。其实，仕途本就风云变幻，诗人只是从中得到些许启示罢了，未必有幸灾乐祸之意。此诗以感事为主，兼及香山寺之游：首联即点出全篇主旨，写出政治险恶；颔联流畅爽利，用典而不觉，两种不同选择，造就了生死截然不同的人生；颈联、尾联承"白首同归"而下，用嵇康和李斯之事，猜想处在政治漩涡中的后悔不及，逼出结论，轰轰烈烈却不由自主地死去不如平平淡淡却躲过劫难地活着。这看似是一种苟且偷生的人生哲学，但它深刻反映出乱世中人们对仕途的恐惧。

1　九年十一月二十一日：大和九年（835）十一月二十一日。此日，李训与郑注等人，奏甘露降祥，欲借唐文宗观甘露之机尽诛宦官，宦官仇士良等人察觉此事，劫文宗，杀李训及王涯、舒元舆等朝官从吏六七百人,史称"甘露之变"。

2　香山寺:见《香山寺二绝》注。

3　白首同归:出自晋潘岳《金谷诗》,指去世。

4　索素琴:用晋嵇康典,史载嵇康临刑时,索琴弹奏《广陵散》。

5　牵黄犬:用秦李斯典,《史记·李斯列传》载,李斯为赵高陷害,临刑之时对次子说:"吾欲与若复牵黄犬,俱出上蔡东门逐狡兔,岂可得乎?"

6　麒麟脯:《神仙传》载,仙人王方平用麒麟脯招待麻姑。醢(hǎi):肉酱。

7　曳尾龟:出自《庄子·秋水》篇,比喻自由自在的隐居生活。

## 秋雨夜眠

凉冷三秋夜[1]，安闲一老翁。

卧迟灯灭后，睡美雨声中。

灰宿温瓶火[2]，香添暖被笼[3]。

晓晴寒未起，霜叶满阶红。

　　"秋风秋雨愁煞人"（清陶宗亮《秋暮遣怀》），对于一个心
如止水的老翁来说，却有着更加深沉的意味。此诗并未泛泛
描摹，而是着意刻画了一个安闲的老翁形象，进而透露出秋
的冷寂。首句点题，并着诗眼"冷""闲"；因"闲"而不敢早
睡，所以"迟"，然后才"睡美"；因"冷""闲"而整夜以火烘
瓶，早上仍蜷在被中；因"闲"方能慢慢欣赏满阶红叶。"凉
冷""卧迟""寒未起"，是老翁声口，特别是"睡美雨声中"描
摹闲适的生活情景，真实而自然，足见诗人对生活体察之深。

1　三秋：古人将秋季的七、八、九月份分别称为孟秋、仲秋、季
　　秋，合称"三秋"。

2　宿（xiǔ）：过夜。瓶：烤火用的烘瓶。

3　被笼：放置被物的竹箱。

## 与梦得沽酒闲饮且约后期[1]

少时犹不忧生计，老后谁能惜酒钱？
共把十千沽一斗，相看七十欠三年。
闲征雅令穷经史[2]，醉听清吟胜管弦。
更待菊黄家酝熟[3]，共君一醉一陶然[4]。

老来无事不若饮。首四句趣味盎然，刻画了老朋友争付酒钱的场景：一二句突兀老气，写出了诗人抢付酒钱时像孩子般负气的形象；第四句如飞来之语，与饮酒绝不相关，却与之融合一片，颇有人世沧桑之感，且与第三句形成巧妙的数字对，意趣盎然。后四句由"相看七十欠三年"生出，写老来之"闲"，只是这"闲"令人心酸：穷尽毕生所学，只为行酒作令，陶醉管弦，是其一；生活之事已变成等待下次相聚饮酒，共醉菊边，是其二。作此诗时，二人都官居闲职，已无用武之地，盖平淡闲适是其表，悲怆自伤是其里。

1　梦得：刘禹锡，字梦得，中唐诗人。

2　雅令：指文字令。

3　酝（yùn）：酿酒，此处指酒。

4　陶然：形容醉乐的样子。

# 达哉乐天行

达哉达哉白乐天，分司东都十三年[1]。
七旬才满冠已挂[2]，半禄未及车先悬[3]。
或伴游客春行乐，或随山僧夜坐禅。
二年忘却问家事，门庭多草厨少烟。
庀童朝告盐米尽[4]，侍婢暮诉衣裳穿。
妻孥不悦甥侄闷，而我醉卧方陶然。
起来与尔画生计，薄产处置有后先。
先卖南坊十亩园，次卖东都五顷田。
然后兼卖所居宅，仿佛获缗二三千[5]。
半与你充衣食费，半与吾供酒肉钱。
吾今已年七十一，眼昏须白头风眩[6]。
但恐此钱用不尽，即先朝露归夜泉[7]。
未归且住亦不恶，饥餐乐饮安稳眠。
死生无可无不可[8]，达哉达哉白乐天。

———  无官务缠身，无俗事烦心。游春醉卧，夜坐问禅，果真是
萧然世外、旷达自适的生活。豁达的最是诗人的内心，对生死
的无所顾念，可生可死，任随自然。陶渊明有"纵浪大化中，
不喜亦不惧"（《形影神赠答诗》），亦如此意。诗人以"达哉达

哉白乐天"始结,并非一律阐释主张,而是融入了日常生活场景,自然亲切。庖童侍婢,妻孥甥侄,汲汲于世俗,却也可亲可爱;诗人陶然醉卧,变卖薄产,在平凡生活中若即若离,更是食尽人间烟火,又不失遗世独立的本色。

1　分司:唐时在东都洛阳设置的一套办事机构。白居易于大和三年(829)以太子宾客分司东都。

2　冠已挂:挂冠,古时常指辞官不做。

3　半禄:半俸,唐朝致仕官给半俸。车先悬:悬车,致仕,退休。

4　庖(páo)童:厨房仆役。

5　缗(mín):千钱为一缗。

6　头风眩:亦称风头眩,病征表现为眩晕、头痛、脉弦等。

7　朝露:此处指死。朝露比喻人生短促。夜泉:黄泉,地下。

8　无可无不可:出自《论语·微子》,此处指顺遂自然。

## 览卢子蒙侍御旧诗[1]多与微之唱和[2]感今伤昔因赠子蒙题于卷后

早闻元九咏君诗，恨与卢君相识迟。
今日逢君开旧卷，卷中多道赠微之。
相看掩泪情难说，别有伤心事岂知？
闻道咸阳坟上树[3]，已抽三丈白杨枝。

---

多少伤心事，都到眼前来，就在览卷那一瞬间。全诗紧扣诗题，句句不离卢君，又句句见出元九：首联写因为元九才与卢君相识，颔联写因卢君诗又思元九，颈联与卢君对坐垂泪念元九，尾联以元九坟作结，与首句呼应，总结全篇。颔联例用对仗，此诗独不用，袅袅深情却呼之欲出，方知律、韵果真为"表"，情思才为"里"。第六句宕开新境界，串联起第五句和尾联，将全篇悼亡的主旨进一步升华至对人世沧桑的悲叹。

---

1　卢子蒙：卢贞，香山九老会中的一老，元稹、白居易的好友。
侍御：官名。
2　微之：见《赠元稹》注。
3　咸阳坟：元稹葬于咸阳奉贤乡洪渎原。

# 哭刘尚书梦得二首（其一）[1]

四海声名白与刘，百年交分两绸缪[2]。
同贫同病退朝日，一死一生临老头。
杯酒英雄君与操[3]，曹公曰："天下英雄唯使君与
操耳。"
文章微婉我知丘[4]。仲尼云："后世知丘者《春
秋》。"又云："《春秋》之旨微而婉也。"
贤豪虽没精灵在，应共微之地下游[5]。

　　自古英雄相惜，文人相轻。对于白居易、元稹、刘禹锡来
说，却不尽然。他们生时同欢同乐，相亲相爱，死时亦愿泉下
结伴同游。如此交谊不可不谓厚。人到暮年，朋友相继去世，
先是元稹，再是刘禹锡，这怎能不令诗人悲声痛哭。此诗颔联
共十四字，总括刘白同甘共苦直至生死相隔的交谊。"一死一
生临老头"，两个"一"复沓，节奏感极强，再现了听闻哀耗一
瞬间心中强烈的凄楚；颈联用事贴切，毫不滞涩，亦是白诗本
色；尾联由刘禹锡写到元稹，三人同行，二人却已早逝，其悲
真难以自抑。

1　刘尚书梦得：刘禹锡，字梦得，卒于会昌二年（842）七月。

2  绸缪(chóu móu)：犹缠绵，此处指情意深厚。

3  杯酒英雄：用刘备、曹操典，出自《三国志·蜀志·先主传》。

4  丘：孔丘，孔子。

5  微之：见《赠元稹》注。卒于大和五年(831)。

# 杨柳枝词[1]

一树春风千万枝，嫩如金色软于丝。
永丰西角荒园里[2]，尽日无人属阿谁？

　　"碧玉妆成一树高"（贺知章《咏柳》）是仲春之柳，早春之柳又是什么样子呢？柳条柔软如丝，春风拂动，上下飞舞；柳叶初萌，嫩黄可喜，娇态可掬。诗人抓住早春柳叶初萌"嫩""软"的特征，以民歌般质朴的比喻，写出了风中之柳的娇俏与温柔；第三句写到环境的荒凉，与前二句形成鲜明对比，巧妙一转，托出无人欣赏的寂寞处境；"属阿谁"，将杨柳的不被人赏与自己的不被人知双关绾合，感慨良深，且不着痕迹，无怪既流布乐府，又被文人交口称赞。相传唐宣宗还因此诗，将两株永丰柳移入禁中。

1　杨柳枝：见《杨柳枝词八首》注。
2　永丰：永丰坊，在唐东都洛阳。

# 白云泉[1]

天平山上白云泉[2]，云自无心水自闲。
何必奔冲山下去，更添波浪向人间。

——　　吴中山水一向以秀美著称，但诗人并不着意于此，而是避重就轻，拈出白云泉水的无心与闲适，敷衍成篇。诗人将泉水拟人化，句句双关泉水和诗人，把泉的悠然自得与诗人的安宁闲适浑融一体，表现出恬淡悠闲、顺遂自然的理想追求；后二句殷殷寄语，劝说白云泉不要奔突下山，为本就纷繁的人间再添波澜；"波浪""人间"透露了诗人的心思，淡然出世不过是对政治风浪、人世坎坷的厌倦与无奈。

——　1　白云泉：在天平山山腰，被称为"吴中第一水"。
　　　2　天平山：在苏州西二十里的太湖之滨，向以"红枫、奇石、清泉"三绝著称。